Elfi Sinn

Das ist wirklich das Allerletzte!

Unmögliche und fantastische Geschichten 2

Bibliografische Information der Deutschen Nationalbibliothek:
Die Deutsche Nationalbibliothek verzeichnet diese Publikation in
der Deutschen Nationalbibliografie; detailierte bibliografische Da-
ten sind im Internet unter http://dnb.dnb.de abrufbar.

© 2018 Elfi Sinn

Herstellung und Verlag:

BoD – Books on Demand Norderstedt

ISBN: 9 783 748 110 590

Inhaltsverzeichnis

Das gebackene Glück

„Warum tue ich mir das überhaupt noch an!" Rosi Petersen schob
ihren Stuhl vom Tisch zurück und legte erschöpft den Kopf auf die
Arme. Schon wieder ein Brief von der Lebensmittelaufsicht, schon
wieder irgendeine idiotische Auflage. Dazu kam noch, dass heute
die letzten Mieter ausgezogen waren. Natürlich nicht regulär, sondern ohne die offene Miete zu zahlen, einfach bei Nacht und Nebel
verschwunden. Wie sollte sie denn jetzt noch klarkommen? Das
war wirklich nicht einfach Pech, sondern eine Pechsträhne unend-
lichen Ausmaßes.

Und dabei lief es bis vor einem halben Jahr noch so hoffnungsvoll.
Ihre Bio-Brote waren bei den Kunden genauso beliebt wie die glu-
tenarmen oder glutenfreien Backwaren, die Rosi produzierte. Sie
hatte ihr Leben lang gebacken, aber sich auch rechtzeitig speziali-
siert, so wie es in ihren Marketing-Büchern vorgeschlagen wurde
und hatte jeden Monat sichere Einnahmen gehabt.

Im Wohnhaus gegenüber der Backstube, die noch ihre Großeltern
gegründet hatten, wohnte sie recht komfortabel nach der Scheidung
von ihrem Mann, im Erdgeschoss. Die obere Etage hatte sie an den
Chefingenieur der neuen Fabrik für Solaranlagen in der Nähe ver-
mietet. Das brachte ihr zusätzliches Geld, das sie für Notfälle zurücklegen konnte. Alles in allem, ging es mir damals richtig gut,
sinnierte Rosi.

Deshalb machte sie sich auch keine Sorgen, als eine große Einkaufskette in ihrer Nähe einen neuen Lebensmittel-Markt eröffnen wollte. Mit den besten Absichten hatte sie sich mit Herrn Merk, dem Leiter des Marktes, getroffen, um ihre Spezial-Backwaren anzubieten, die über diesen Weg noch mehr Zöliakie-Kranke hätten erreichen können.

Doch der Preis, der ihr für ihre Produkte vorgeschlagen wurde, war so lachhaft gering, dass Rosi zunächst dachte, sie habe sich verhört. Aber auch bei der Wiederholung wurde ihr diese Zumutung mit einem überheblichen Lächeln offeriert.

Natürlich hatte sie abgelehnt. Zu diesen Preisen konnte niemand produzieren, damit konnte man ja nicht einmal die guten Zutaten bezahlen. Das hatte sie versucht klarzumachen, aber ohne Erfolg. Sie war absolut fassungslos, als Herr Merk sie nur noch wütend anblaffte. „Wer meine Preise nicht akzeptiert, wird es bereuen. Entweder Sie verkaufen an mich, zu meinen Bedingungen oder ich vernichte sie!"

Als Rosi in ihre Bäckerei zurück kam, musste sie erst einmal Beruhigungstropfen einnehmen. Ihre Mitarbeiter, damals hatte sie noch Mitarbeiter, versuchten sie auch zu beruhigen. „So schlimm wird es schon nicht kommen." Doch es kam noch viel schlimmer. Ab diesem Tag kam die Lebensmittelaufsicht fast regelmäßig, wegen angeblicher Beschwerden.

In den Bewertungsportalen im Internet tauchten negative Äußerungen zu ihren Produkten auf. In einem Leserbrief an die Lokal-Zeitung wurde sogar behauptet. ihre Ware sei nicht wirklich das, was sie vorgebe.

Damit ging zum ersten Mal seit Jahren der Verkauf zurück. Rosi war ratlos. Als sie das Geschäft von ihren Eltern übernommen hatte, ging es immer nur darum, gute Ware anzubieten. Das konnte sie und das tat sie auch noch jetzt.

Aber was konnte sie gegen diese schleichenden Machenschaften tun? Wenn sie sich öffentlich dagegen wenden würde, dann müsste doch jeder annehmen, das seien nur Ausreden.

Also tat sie einfach weiter, was sie immer tat, sie backte, aber ohne Erfolg. Immer mehr Kunden blieben aus. Nach drei Monaten hätte sie ihre Mitarbeiter entlassen müssen, was ihr in der Seele weh tat.

Zum Glück eröffnete am anderen Ende der Stadt gerade eine neue Bäckerei und der Inhaber freute sich, zwei so versierte Mitarbeiter zu bekommen.

Rosi kämpfte weiter, auch wenn es ihr jeden Tag schwerer fiel.

Die Freude am Backen, früher ihr Lebenselixier, war ihr irgendwie abhanden gekommen.

Als das Geld noch knapper wurde, zog sie in die kleine Junggesellen-Wohnung über der Backstube und vermietete ihre schöne Drei-Raum-Wohnung. Das verschaffte ihr wieder etwas Zeit, Luft zu holen und ein wenig zu entspannen. Bis vor einem Monat die neue Fabrik für Solaranlagen in Insolvenz ging und die gesamte Belegschaft entließ. Damit verlor sie zunächst die Mieter aus der oberen Etage und jetzt auch noch die letzten aus dem Erdgeschoss.

Rosi stöhnte. Früher war ihr immer so viel eingefallen, um aus einer brenzligen Situation wieder heraus zu kommen. Sie hatte Gleichaltrige belächelt, die über zunehmende Alterserscheinungen klagten. Aber jetzt fühlte sie sich mit ihren 67 Jahren plötzlich auch uralt, ohnmächtig und schwach. Es gab sogar schon Momente, wo sie am liebsten Schluss gemacht hätte. Vermutlich würde es kaum einer merken.

Rosi wusste tief in ihrem Inneren, dass sie das nicht wirklich tun würde, aber heute war einfach alles zu viel! Als das Telefon klingelte, ließ sie es klingeln. „Lasst mich einfach alle in Ruhe!" Obwohl es niemand hören konnte, hatte sie es laut geschrien.

Erst als der Anrufbeantworter ansprang und sie die Stimme ihrer alten Schulfreundin Gudrun erkannte, sprang sie doch auf und meldete sich am Telefon. „Mensch Rosi, wir haben ja lange nichts voneinander gehört. Du hattest meinen Enkel informiert, dass du ein Haus vermieten willst. Wenn du nichts dagegen hast, würde ich gerne zu dir kommen und mir das ansehen. Ich hätte auch schon einen Vorschlag für die Vermietung, aber lass uns darüber in Ruhe reden. Passt es dir morgen am frühen Nachmittag?"

Rosi brauchte einen Moment, um wieder zu sich zu kommen, aber

dann keimte ein kleiner Hoffnungsfunke auf und freudig sagte sie
zu.

Als Gudrun am nächsten Tag das Anwesen sah, war sie nicht nur
überrascht und erfreut, sie war richtiggehend entzückt. Sie war mit
dem Bus bis zu dem neuen Lebensmittelmarkt gefahren. Da es ein
schöner sonniger Sommertag war, nicht brütend heiß, sondern angenehm mit einem leichten Lufthauch, ging sie den Rest des We-
ges zu Fuß.

Was sie erwartet hatte, wäre ein etwas ödes Gewerbegebiet gewesen, aber nicht ein solches Kleinod.

Dichte Hecken aus Thuja und Geißblatt schirmten die Gebäude zur
Straße hin ab. Dahinter standen drei große Linden, deren Blätter
sich leise im Wind bewegten. Den Eingang bildete ein Torbogen,
der über und über mit Rosen bewachsen war, die sicher für den
angenehmen Duft sorgten. Nach Bäckerei roch es jedenfalls nicht.
Das Gebäude aus rostroten Ziegelsteinen mit weißen Türen auf der
linken Seite schien die alte Backstube zu sein.

Als Gudrun näher kam, sah sie auch den Verkaufsstand durch das
Schaufenster. Aber niemand war hier. Jetzt müsste doch eigentlich
noch Hochbetrieb sein. Gudrun schüttelte verwundert den Kopf.

Das Haus gegenüber dem Torbogen, kannte sie schon von den Fotos, aber als sie davor stand, kam es ihr noch imposanter vor.

Ein gediegenes altes Bürgerhaus, aber sehr gut erhalten, schätzte
sie. Die ursprünglich weiße Farbe war schon etwas nachgedunkelt,

leuchtete aber immer noch vor dem vielen Grün. Über dem Erdgeschoss befanden sich möglicherweise zwei Etagen, das würde sie
noch genauer prüfen müssen.

Die Backstube und das große Haus bildeten eine L-Form und wurden durch eine weitere Gruppe großer Lindenbäume abgeschlossen.
In der Mitte des Platzes dazwischen befand sich ein Rondell mit
Rosen in weiß und rosa und so etwas wie ein Wasserbecken, das
aber nicht sprudelte. Hinter den Bäumen schien der Gemüsegarten
zu sein, Gudrun konnte lediglich, die Stangen für Kletterbohnen
erkennen.

Sie atmete tief die Sommerluft ein, ein so schönes Fleckchen, so
ruhig und friedlich. Eigentlich zu ruhig, sollte es hier nicht vor
Kunden wimmeln? Als sie ihre Blicke weiter wandern ließ, entdeckte sie Rosi. Zusammen gesunken in einem Korbstuhl, den
Kopf in die Hände gestützt, bot sie ein Bild des Jammers.

Gudrun stutzte. So kannte sie Rosi überhaupt nicht. Sie war immer
ein fröhlicher Mensch gewesen. Rosi war zwar ein Jahr jünger als
sie, aber bis die Eltern die Bäckerei übernahmen und wegzogen,
waren sie Nachbarskinder gewesen, die jeden Streich gemeinsam
ausheckten. Rosi war manchmal richtig tollkühn gewesen und hatte
vor nichts Angst. Wo war diese Lebenslust geblieben? Und sie war
schon immer etwas mollig, was ihr aber sehr gut stand. Jetzt schien

sie fast abgemagert und die grauen Haare hätten bestimmt auch einen frischen Schnitt gebraucht.

Gudrun räusperte sich leise, trotzdem sah sie wie Rosi erschrocken zusammenzuckte und aufsprang. Da hat aber jemand ein dünnes Nervenkostüm, dachte sie und umarmte ihre alte Freundin.

Rosi freute sich sehr Gudrun zu sehen, schnell wischte sie die letzte Feuchtigkeit von den Wangen und versuchte ein zögerliches Lächeln. „Setz dich zu mir. Ich habe Kaffee vorbereitet und es gibt auch Kuchen. Allerdings weiß ich nicht, ob er schmeckt. Heute habe ich noch nichts verkauft. Aber sag mir doch, wie bist du an meinen Auftrag gekommen?"

Gudrun, die sah, dass Rosi eine kleine Pause brauchte, zeigte ihr Fotos von ihren Enkeln und auch der ersten Urenkelin. „Meinem Enkel gehört das Maklerbüro, an das du geschrieben hast und wo ich manchmal aushelfe. Das ist meine Enkelin, sie ist Lehrerin, aber gerade im Babyjahr. Stell dir vor, für dieses kleine Wesen habe ich meine Wohnung aufgegeben und bin in Hildas Haus gezogen. Meine Wohnung hat jetzt meine Enkelin." Auf die fragenden Blicke Rosis hin, plauderte sie munter weiter. „Sag bloß, du hast die ganze Geschichte gar nicht mitbekommen? Hilda war früher in der Redaktion der Lokalzeitung, wir hatten oft miteinander zu tun und haben uns gut verstanden. Hilda hatte sich den Fuß gebrochen und ihr Schwiegersohn, die Luftnummer, hatte nichts Eiligeres zu tun, als ihre Wohnung aufzulösen. Aber nicht mit Hilda! Als die wieder auf eigenen Füßen stand, hat sie herausgefunden, dass ein Miethai das Haus abreißen und für teure Eigentumswohnungen neu bauen wollte, obwohl es unter Denkmalschutz stand. Er hatte den Baustadtrat bestochen, so dass das unauffällig lief.

Hilda hat uns, also ihre alten Kontakte aktiviert und gegen unsere schnelle Eingreiftruppe, waren selbst solch gewieften Verbrecher machtlos. Aber das Beste kommt noch. Hilda hat genau zu diesem Zeitpunkt im Lotto gewonnen und das Haus gekauft. Natürlich wurde alles in Rekordzeit saniert und jetzt habe ich dort eine sehr schöne altersgerechte Wohnung. Die Eingreiftruppe haben wir natürlich beibehalten. Wir treffen uns dort regelmäßig mit Hilda und Kati, einer Rechtsanwältin. Auch wenn wir nicht mehr die Jüngsten sind, wir haben schon einige Ungerechtigkeiten aufgedeckt und Schweinereien verhindert."

Rosi blieb vor Staunen der Mund offen stehen. Gab es so etwas wirklich noch? Menschen, die anderen halfen? Sie holte tief Luft und lächelte Gudrun zögernd an. „Ich glaube, dich schickt der Himmel. Mich kann nur noch ein Wunder retten."

„Oder eine schnelle Eingreiftruppe", lachte Gudrun. „Also erzähl mir alles. Wo drückt der Schuh?"

Und Rosi redete sich alles von der Seele, wie gut alles gelaufen war, bis der neue Lebensmittelmarkt mit dem fürchterlichen Herrn

Merk aufgetaucht war.

Zum Schluss fühlte sie sich tatsächlich schon etwas besser. Gudrun schüttelte empört den Kopf. „Das ist doch echt das Letzte! Was denkt sich dieser Marktleiter eigentlich. Und die Lebensmittelaufsicht tickt auch nicht richtig. Natürlich müssen die jedem Hinweis nachgehen, aber ich denke, wir haben dort einen ähnlichen Fall, wie auf dem Bauamt. Auch im öffentlichen Dienst gibt es faule Eier. Aber wir werden uns damit befassen.

Kommen wir zur Vermietung, vielleicht zeigst du mir erstmal das Haus, damit ich sehen kann, ob es sich für unser Projekt eignet."

Und Rosi führte sie als erstes durch die Wohnung im Erdgeschoss. Gudrun prüfte fachmännisch die Wände, während sie immer wieder auf den Grundriss schaute. „Könnte man diese Mauer entfernen oder ist das eine tragende Wand?" „Ich bin kein Fachmann, aber das weiß ich", lächelte Rosi. „Das ist eine Rigipswand, sie kann ganz leicht entfernt werden. Aber was hast du vor, soll das ein Saal werden?" „Genau", nickte Gudrun bekräftigend.

„Was ist eigentlich mit dem Dachgeschoss? Da wäre nach der Zeichnung auch noch etwas Platz." „Stimmt". Rosi strich sich über die Stirn. „Das wollten wir irgendwann mal für unseren Sohn ausbauen. Ist aber leider nichts daraus geworden." Auf den fragenden Blick von Gudrun hin, ergänzte sie noch knapp. „Das ist jetzt schon mehr als zwanzig Jahre her, ein Motorradunfall. Daran ist auch meine Ehe zerbrochen."

Gudrun strich ihr tröstend über die Schultern. „Lass uns nach oben gehen, ich glaube das Haus hat die besten Voraussetzungen für mein Projekt."

Nachdem Gudrun auch die letzte Ecke des Hauses und auch den Garten gründlich geprüft und bewertet hatte, ließ sie sich mit Rosi wieder auf den Korbstühlen im Innenhof nieder.

„Ich habe kurz überschlagen, was du bisher an Miete eingenommen hast. Unsere Interessenten bieten dir 35% mehr, wenn sie auch das Dachgeschoss, den halben Garten und die Backstube nutzen dürfen."

Rosi war zunächst sprachlos, aber dann empört. „Aber dann kann ich doch nicht mehr backen, davon lebe ich doch! Ich habe zwar auch eine kleine Rente, aber Backen ist doch mein Leben. Wen schleppst du mir denn da an? Die Konkurrenz vielleicht?"

Gudrun lächelte nur. „Ich bringe dir lauter nette Frauen. Sie backen auch selbst, aber nur Kekse und Plätzchen, die sie über das Internet vertreiben. Und die Backstube würden sie auch nur stundenweise brauchen, ihr könntet euch arrangieren.

Meine Interessenten sind Beginen, die einen neuen Hof für ihr Leben und ihre Beschäftigung suchen. Der bisherige Hof musste verkauft werden, weil der Eigentümer des Grundstück wechselte und

der neue hat andere Pläne." „Beginen?" Rosi schaute Gudrun misstrauisch an. „Sind das diese Lesben?"

Jetzt lachte Gudrun laut auf. „Seit wann hast du denn solche mora-
lischen Grundsätze, ich kann mich da an drei heiße Dates mit unterschiedlichen Jungs am gleichen Tag erinnern."
Auch Rosi erinnerte sich auch und bekam heiße Wangen. Daran
hatte sie wirklich lange nicht mehr gedacht. Dann hörte sie Gudrun
wieder aufmerksam zu.

„Nein, das ist keine Lesben-Gruppe, obwohl es die bestimmt auch
gibt. Beginen gibt es bei uns schon seit dem 13. Jahrhundert, die
ersten übrigens 1209 in Köln. Jetzt kann ich ein bisschen mit meinem Wikipedia-Wissen angeben. Ich finde, das war damals wie
heute eine gute Möglichkeit, für unverheiratete Frauen oder Wit-
wen, überhaupt eine Unterkunft oder auch Beschäftigung zu finden.

Sie lebten zusammen auf einem Hof, deswegen wäre das hier wirklich ideal, und machten hauptsächlich Handarbeiten, also Weben,
Nähen, Sticken und so was. Das machen diese auch, aber außerdem
backen sie feines Gebäck. Ihr müsstet euch eigentlich gut verstehen. Also Rosi, haben wir einen Deal?"
Und Rosi schlug erleichtert in die angebotene Hand ein.
An diesem Abend war sie doch überrascht davon, wie viel Hoff-

nung sie schon verspürte. Gudruns Besuch und ihr Angebot, ließen sie endlich wieder etwas optimistischen an die Zukunft denken.
Und wenn sie an Gudruns Anblick dachte, das schicke hellblaue Kostüm, die glänzenden blonden Haare, fühlte sie sich etwas beschämt.

Gudrun war immerhin ein Jahr älter als sie! Sie seufzte, es war wirklich an der Zeit, sich etwas besser für das Kommende zu präparieren. Was sollten denn die Beginen von ihr denken?
Sie seufzte erneut, griff dann aber bereitwillig zu Shampoo und Haarfön.
Als sich die Meisterin der Beginen am nächsten Tag, begleitet von einer Anwältin, vorstellte, fühlte sich Rosi schon nicht mehr wie Aschenputtels Großmutter und zeigte ihnen gerne die Räume.

Natürlich horchte sie auch interessiert auf alles, was verändert werden würde. Sie war angenehm überrascht, wie normal die Frauen aussahen, keine handgewebten Leinenkleider, keine Schafwollstrümpfe oder Birkenstock-Schuhe. Sie sahen auch nicht sektenmäßig aus, eher wie früher ihre Handarbeitslehrerinnen. Felicitas, die Meisterin, erläuterte noch einmal ihr Anliegen und erklärte genauer, wo sie Umgestaltungsarbeiten vornehmen wollten, um aus dem Anwesen einen echten Beginenhof zu machen.
Rosi, die immer noch etwas misstrauisch war, hörte doch sehr er-

leichtert, dass es überwiegend um Renovierung ging und die Frau-
en alle Arbeiten selbst vornehmen würden. „Wenn wir uns einig
sind, könnten wir den Vertrag unterzeichnen. Ich zahle Ihnen sofort
die erste Miete und morgen kommen meine Schwestern, um mit
den Arbeiten zu beginnen."

Als Rosi nickte, unterschrieb die Meisterin als erste und legte dann
das Geld auf den Tisch, das Rosi wieder ruhigere Nächte bescheren
würde. Allerdings waren die jetzt wieder genauso kurz, wie früher,
als sie schon im Morgengrauen in die Backstube musste.

Denn die Beginen schienen Frühaufsteher zu sein. Seitdem sie mit
einem Campingwagen auf dem Hof erschienen waren, wuselten sie
im Haus herum und werkelten vor allem in der ersten Etage.
Rosi wusste, dort sollten vier Schlafräume und ein Büroraum entstehen. Auch im Dachgeschoss, das im Rohbau schon fertig war,
waren vier Schlafräume geplant. Also würden wahrscheinlich acht
Frauen hier einziehen.

Rosi gefiel der Gedanke, nicht mehr allein zu sein und auch jemanden zum Reden zu finden. Außerdem war es beruhigend, falls sie
mal krank werden sollte, jemand in der Nähe zu haben, der helfen
konnte. Denn die Meisterin hatte ihr erzählt, sie hätten auch eine
Heilerin in ihrer Gruppe.
Was die Beginen genau in dem Haus machten, bekam Rosi zu-

nächst gar nicht mit, weil sie auf Gudruns Einladung hin in die Stadt fuhr, um Hildas Eingreiftruppe mit den nötigen Informationen zu versorgen. Kurzerhand hatte sie die Bäckerei für eine Woche geschlossen, was kein großer Verlust war, wie sie wusste. Es kam ja sowieso keiner mehr.

Bei Hildas Eingreiftruppe war sie angenehm überrascht, wie sachkundig die Frauen ihr Problem diskutierten, obwohl einige sehr viel älter sein mussten als sie. Besonders Hilda mit ihren gepflegten, silberblau getönten Haaren, hinterließ einen sehr großen Eindruck bei ihr. Rosi bekam kein Mitleid, das hätte sie auch nicht ertragen, aber die Empörung der anderen darüber, wie man ihr zugesetzt hatte, tat doch gut.

Anschließend vereinbarte sie noch einen Termin bei der Anwältin in Hildas Haus, weil sie von allen ermuntert worden war, die Auflagen der Lebensmittelaufsicht rechtlich prüfen zu lassen.

Höchst zufrieden mit sich und diesem Tag, ging sie auch noch zum Frisör. Älter zu werden war wirklich kein Grund, sich zu vernachlässigen. Das war ihr bei Hildas Frauen noch einmal klargeworden und das Silberblau würde ihr bestimmt auch gut stehen.

Nachdem diese Woche fast vorüber war, erhielt sie Besuch von der Meisterin, die ihr den Umzug der restlichen Gruppe für den nächsten Tag ankündigte und sie einlud, am Nachmittag mit ihnen zu feiern. Rosi, die sich in dieser Woche wie im Urlaub gefühlt hatte, freute sich, ihre Backstube wieder übernehmen zu können. Nachdem sie gründlich sauber gemacht hatte und sich am Gesang der Beginen freute, die die letzten Renovierungsarbeiten beendeten, kam ihr eine Idee. Irgendwo hatte sie gelesen, dass man neue Nachbarn mit Brot und Salz begrüßte. Das gute Fleur de Sel hatte sie noch und Brot war schließlich ihre Domäne.

Fröhlich pfeifend machte sie sich an die Arbeit. Im Nebenraum hatte sie noch ausreichend Sauerteig und so rührte sie fleißig den Brotteig an. Sie hatte lange experimentiert, bis sie aus dem Roggenmehl vom Bio-Bauern ein wirklich lockeres Brot bekam, das auch gut aufging. Auch wenn das mehr Zeit benötigte, es lohnte sich. Mittlerweile waren ihr die notwendigen Handgriffe in Fleisch und Blut übergegangen. Wenn alles gut ging, würde sie den Teig morgen vor dem Frühstück rundwirken und Laibe formen. Nach zwei Stunden konnten sie dann in den Ofen und wären zur Feier der Beginen auch schon wieder abgekühlt.

Als sie die Brote am nächsten Tag aus dem Ofen zog, fühlte sie sich fast wieder so gut, wie vor einem halben Jahr. Schon der Geruch des Brotes, den sie tief einsog, machte sie zufriedener als irgendein Lottogewinn. Obwohl das auch nicht schlecht wäre, im

Lotto so viel zu gewinnen, wie Hilda. Und wie klug sie es angelegt hatte. Wenn sie mit achtzig auch noch so clever sein könnte, das wäre schon toll, überlegte sie.

Aber jetzt ging es erst einmal darum, die Bäckerei wieder ins Laufen zu bringen und die Kunden zurückzuholen.

Sie wusste noch nicht genau wie, aber so einfach aufzugeben, kam nicht in Frage. Sie würde es machen wie Hildas Eingreiftruppe und kämpfen.

Am Nachmittag legte sie die beiden Brotlaibe auf ein Holztablett, fügte eine kleine Schale mit Meersalz hinzu und deckte beides mit einer Leinenserviette ab, die noch aus den Beständen ihrer Großmutter stammte. Dann trug sie beides in das große Haus, um die Beginen offiziell zu begrüßen.

Schon im Eingang staunte sie. Alles war in sanften Pastellfarben frisch gemalert, roch aber kaum nach Farbe, sondern eher angenehm nach Zitrone.

Aus ihrer früheren Küche und dem angrenzenden Wohnzimmer war ein großer Speisesaal entstanden, in dem die Beginen an einem langen Holztisch saßen. Rosi überreichte der Meisterin ihren Willkommensgruß und staunte die Frauengruppe an, die ihr Felicitas vorstellte. „Das ist Jasmin, unsere Bäckerin", erklärte sie, während sich eine schlanke, hübsche Schwarzhaarige erhob und ihr erfreut die Hand schüttelte. „Jasmin heißt im Persischen die Blume und von dort kommt sie auch her."

Neben der Bäckerin stand eine junge, blonde Frau, die so strahlte, dass es fast wie ein Leuchten erschien. „Das ist Valeria, unsere Heilerin. Sie kommt aus Süddeutschland und ist wie ihr Name schon sagt, gesund. Natürlich sorgt sie auch dafür, dass wir es bleiben, aber sie behandelt auch Kranke. Allerdings kommen die nicht hierher, sie macht Hausbesuche."

Neben der schlanken Heilerin erhob sich eine Frau, die man früher als Heroine, als Heldendarstellerin, bezeichnet hätte, dachte Rosi. Bestimmt größer als 1,90 m, aber durchtrainiert und kräftig. „Das ist Florentine, genannt Flo. Sie kommt aus den Niederlanden und ist eigentlich unsere Gärtnerin, zurzeit aber war sie eher als Bauleiterin dafür zuständig, dass wir pünktlich fertig wurden."

Rosi kam mit dem Händeschütteln kaum nach, als ihr auch noch Henny, die Köchin aus dem Elsass und Dörte, die Weberin aus Norddeutschland vorgestellt wurden. Zum Schluss erhoben sich noch zwei sehr junge Frauen mit blonden Zöpfen. „Das sind Finja und Lillemor, sie kommen aus Estland und absolvieren bei uns so eine Art Praktikum. Später sollen sie einen Beginenhof in der Nähe von Tallinn aufbauen."
Als man sich wieder setzte und nach altem Brauch das Brot brach,

reagierten die Beginen mit einem regelrechten Begeisterungssturm. „Das ist das beste Brot, was ich je gegessen habe." „Haben Sie geheime Zutaten? Irgendetwas ist anders an diesem Brot!"

Rosi konnte sich die Begeisterung gar nicht erklären, aber als sie selbst kostete, lehnte sie sich zurück und seufzte glücklich. „So hat das Brot geschmeckt, als meine Mutter noch gebacken hat. Bei mir war es nie so besonders würzig, so wie heute." „Aber woran kann es liegen?" Jasmin hatte verständlicherweise das größte Interesse, schüttelte aber auch nur verwundert den Kopf, als Rosi die Zutatenliste herunterrasselte.

„War heute irgendetwas anders in der Backstube?" „ Oder haben sie länger geknetet?" Auch Finja und Lillemor suchten nach Gründen.

Aber Rosi schüttelte nur ratlos den Kopf. Valeria, die Heilerin, hatte sich die Diskussion eine Weile angehört, bis sie sich zu Wort meldete. „Ich glaube, es hat etwas mit Energie zu tun. Vielleicht haben Sie eine besondere Kraft in den Händen?" Während sie noch sprach, hielt sie eine Handfläche über Rosis Hand. Die spürte sofort die starke Energie, aber Valeria schüttelte den Kopf. „Sie haben eine wirklich gute Energie, aber auch nicht mehr, als meine Schwestern. Das ist es also nicht. Was haben Sie während des Backens gemacht?"

Rosi grinste. „Ich habe gepfiffen, weil ich mich so gefreut habe. Ich glaube das war es.

Meine Mutter hat immer gesagt: *Gutes Brot braucht vier Dinge – Saubere Hände, eine saubere Schürze, gute Zutaten und gute Laune."*

„Genau, und die Energie der guten Laune, die reine Freude ist in den Teig hineingeflossen. Man kann das Wunder also wiederholen." Valeria strahlte über diese Gewissheit genauso wie Rosi.

„Ich sage das meinen Schwestern auch immer, dass die gute Energie, alles was wir herstellen, besser macht. Jetzt werden sie es eher glauben."

„Ich glaube das schon", rief Flo, „meine Pflanzen wachsen schneller, wenn ich sie lobe oder wenn ich ihnen schöne Musik vorspiele, am liebsten Walzer mit Andre Rieu."

Rosi wurde nachdenklich, denn vor einem halben Jahr war es ihr doch auch gut gegangen. Aber wenn sie es genauer betrachtete, war da immer die Verantwortung gewesen, für die Mitarbeiter, für die Steuer, für die Kunden, für wen auch immer. Jetzt mit dieser langfristigen Vermietung war sie zum allerersten Mal frei von allen finanziellen Sorgen. Und ihre Bäckerei würde sie sich auch zurückholen.

Natürlich bekam Rosi noch eine Führung durch das Haus, bei dem sie echt überrascht war, wie viel die Frauen in der kurzen Zeit geschafft hatten. Im Raum neben dem Speisesaal standen schon zwei Webstühle und drei Klöppelkissen. An den Wänden gab es hohe Regale, mit Handarbeitszubehör in allen Farben. In der ersten Etage befand sich neben den Schlafräumen noch eine Art Büro, in dem aber auch schon eine Staffelei und ein stabiler Tisch zum Basteln auf fleißige Hände warteten.

Noch am Abend vor dem Einschlafen, staunte Rosi, welche wunderbare Wende ihr Leben in dieser kurzen Zeit genommen hatte.
Da die Beginen glücklich über ihren neuen Hof waren und in Rosi auch eine Vermieterin auf gleicher Wellenlänge gefunden hatten, beschlossen sie an dem Nachmittag, ihr wieder zum Erfolg zu verhelfen. Von Felicitas kam der Vorschlag, die Brote zunächst gemeinsam mit ihren Plätzchen auf dem Markt zu verkaufen, bis die Kunden wieder den Weg zu ihr finden würden. Gut, dass sie den Teig für genügend Sauerteigbrote schon angesetzt hatte.
Morgen könnte sie das Brot dann gemeinsam mit Jasmin backen.
Ein wenig gespannt war sie schon, wie sie mit der Perserin arbeiten würde.
Noch am Abend hatte sie sich eine CD mit Strauß-Walzern herausgesucht. Eine Musik, die bei ihrer Mutter immer in der Backstube lief, damals allerdings mit dem alten Plattenspieler.
Am nächten Morgen hatte Jasmin zuerst die Backstube prüfend gemustert. „Es ist wirklich pieksauber. Das ist gut für unser Gebäck. Ich habe schon Backstuben gesehen, da vergeht einem der Appetit. Aber hier sieht man, dass Ihnen Backen auch Spaß macht."

„Dann sollten wir auch gleich beginnen und wir sollten uns duzen, wo wir doch eng zusammenarbeiten." Jasmin gefiel das und auch die vorgeschlagene Musik. Beschwingt machten sich beide an die Arbeit. Zunächst bereiteten sie die Brotlaibe vor, die noch gehen mussten. In dieser Zeit zeigte ihr Jasmin dann, die Zubereitung des Sortiments, das sie über das Internet verkauften und von dem einiges zu backen war.

„Wir halten es wie du, wir verwenden nur die besten Zutaten für unsere Spezialitäten, Kokos, Mandeln, Nüsse, Datteln, Pistazien, Rosinen und Rosenwasser."
Rosi lief bei dieser Aufzahlung fast das Wasser im Munde zusammen. Jasmin erklärte, während ihre geschickten Hände wirklich kleine Kunstwerke formten.
„Wir machen Baglawa, aus Mandeln und Pistazien, aber nicht so süß, Nan Gerdui, ein Walnussgebäck oder Kolompe, das ist ein Dattelgebäck, natürlich ohne Zucker. Das sind die Sachen die ich eingebracht habe, aber wir backen auch französische Macarons oder holländische Mandelhörnchen. Nicht zu süß, nicht zu fett und es muss sich vier bis fünf Wochen halten. Seitdem wir das beachten, verkaufen wir ziemlich viel."

Rosi war ins Nachdenken gekommen und begann, als die Köstlichkeiten schon im Ofen waren, in dem Kasten, in dem sie Rezepte

aufbewahrte, zu kramen. „Da ist es ja!" Triumphierend schwenkte
sie ein Blatt aus festem Karton. „Meine Mutter hat manchmal Kekse gebacken, auch aus Kokos- und Mandelmehl, die sündhaft gut
schmeckten. Aber damals war kaum jemand daran interessiert. Die
sollten wir mal ausprobieren. Aber jetzt sind erst Mal meine Brote
an der Reihe."

Jasmin warf zwischenzeitlich einen interessierten Blick auf das
Rezept und nickte. Mit flinken Händen sortierte sie dabei die abge-
kühlten Köstlichkeiten in bunte Schachteln. So verlief der Vormittag eigentlich wie immer, ganz normal, bis sich Jasmin pünktlich
um 12.00 Uhr entschuldigte, aber nach zehn Minuten wieder zurück kam.

Auf Rosis fragenden Blick, sagte sie nur fast nebenbei. „Ich habe
gebetet. Wir machen das immer um diese Zeit." Rosi war total
erstaunt. „Bist du etwa…" „Ja", lächelte Jasmin, „ich bin Musli-
ma." „Aber du trägst doch gar kein Kopftuch und all dies Zeugs."
Jetzt lächelte Jasmin verschmitzt. „Ob du es glaubst oder nicht.
Das habe ich verbrannt, weil ich frei sein wollte, frei von all diesen
Vorschriften. Das darfst du als Frau nicht und jenes ist Frauen nicht
gestattet.
Im Koran steht das alles nicht so, aber irgendwelche alten Männer
haben sich diese Regeln ausgedacht. Nur ich wollte sie nicht befol-

gen. Deshalb habe ich schon als Kind deutsch gelernt, weil ich in das Land von Goethe und Schiller ziehen wollte. Und wenn ich schon hier lebe, dann wie alle anderen, die hier leben auch.

Und so wurde aus Yasemin, die Jasmin, die du kennst und das Kopftuch landete mit allen Vorschriften auf dem Scheiterhaufen."

„Das ist die richtige Einstellung", freute sich Rosi. „Wir Frauen haben es doch gar nicht nötig, uns Vorschriften machen zu lassen. Wir können unser Leben sehr gut selbst bestimmen. Aber schön, dass wenigstens du noch Goethe und Schiller kennst. Das können bei uns auch nicht mehr viele sagen."

Jasmin lächelte. „Ich kenne Goethe nicht nur, ich kann ihn auch singen." Und während sie den CD-Player ausschaltete, stimmte sie mit ihrer klaren Sopranstimme an. *„Ich ging im Walde so für mich hin..."* Auch Rosi lächelte versonnen, das hatte sie auch einmal gelernt. Also sang sie im Alt die zweite Stimme dazu. Das klang so gut, dass die anderen Schwestern dazu kamen und einige auch mitsangen.

Nur Flo hob entschuldigend die Hand. „ Ich hätte nur zweistimmig mit singen können, laut und falsch. Bei mir ist das ganze Talent in den grünen Daumen, gegangen. Aber dafür fahre ich euch nachher zum Markt, wenn das Brot fertig ist."

Rosi schaute sie verwundert an. „Ist denn heute Markttag? " Flo schüttelte den Kopf und begann die Schachteln mit dem Feingebäck übereinander zu stapeln. „Wenn wir direkt verkaufen, gehen wir nur zu einem Erzeugermarkt.

Wir verabreden uns mit anderen, die auch produzieren übers Internet und fahren dann mit einem eigenen Stand hin.

Für die Leute, die kaufen wollen, ist es dann ohne all die Stand-Gebühren und ähnliches viel preiswerter und für uns auch. Wenn wir übers Internet liefern, ist es natürlich teurer, aber für die Kunden auch bequemer."

Am Nachmittag geschah dann das Wunder, an das Rosi fast nicht mehr geglaubt hatte. Sie war mit Flo, Finja und Lillemor in einem weißen Transporter zu diesem Erzeugermarkt gefahren. Sie hatten sich richtig herausgeputzt mit weißen Rüschen-Schürzen, die noch von Rosis Mutter stammten. „Wer auffällt, verkauft mehr", hatte Flo erklärt. „Die Leute können doch noch gar nicht wissen, wie toll dein Brot schmeckt."

Einige Kostproben sollten dieses Kennenlernen erleichtern. Sie wurden gerne angenommen und führten in kürzester Zeit zu einem Ansturm auf ihren Verkaufstand, dem sie einfach nicht gewachsen waren. Wer kein Brot mehr erhalten hatte, wurde mit einem Flyer und dem Versprechen auf neues Brot für die nächsten Tage getröstet.

Schon am Abend setzten sie neuen Teig für die beliebten Sauerteigbrote an, die am nächsten Tag gebacken werden konnten. Während am nächsten Morgen schon eine stolze Zahl von Brotlaiben auf das Backen wartete, probierten Rosi und Jasmin das alte Rezept von Rosis Mutter, das erstaunlicherweise sowohl gesalzene Nüsse als auch Schokoladestücken enthielt.

Schnell waren die Kekse gebacken und dufteten verführerisch, als an die Tür geklopft wurde. Gudrun winkte freudestrahlend am Fenster. „Neuigkeiten! Es geht los! Oh, das duftet aber toll! Was backt ihr da eigentlich?"

„Etwas, was du gleich kosten kannst. Ich schiebe nur schnell die Brote in den Ofen. Jasmin, du könntest für uns drei Kaffee machen, der Automat ist auf der rechten Seite."

Leicht erhitzt setzte sich Rosi dann zu den beiden Frauen an einen runden Tisch im Freien. Gudrun strahlte sie immer noch an. „Wow, du hast einen neuen Kopf! Steht dir aber gut."

Erfreut strich Rosi ihre silberblauen Haare zurück und schlug vor. „Wir sollten erst die Kekse kosten, sonst platze ich vor Neugier, dann erzählst du uns alles, darauf bin ich genauso neugierig."

Danach folgte andächtiges Schweigen, das nur von genussvollem Stöhnen unterbrochen wurde. „Rosi, die Kekse sollte es auf Rezept geben, die schmecken nicht nur erstaunlich gut, ich glaube sie machen glücklich. Da ist doch kein Hasch drin oder?"

Gudrun strahlte so, als ob sie das auch nicht gestört hätte.

„Davon würde ich sofort eine Großpackung kaufen, wir haben bald wieder unser Treffen." „Die bekommst du auch so von mir, aber was gibt es Neues?"

Gudrun lehnte sich grinsend zurück. „Springer läuft, deshalb komme ich direkt zu euch, weil wir vermuten, dass heute Nacht oder spätestens morgen etwas passiert. Ich war mit Hilda in der Kantine der Stadtverwaltung, ich habe doch früher beim Bürgermeister gearbeitet und kenne mich aus.

Wir haben uns an einen Tisch in direkter Nähe zur Sekretärin des Ordnungsamtes gesetzt, dazu gehört auch die Lebensmittelüberwachung. Dann haben wir so getan, als ob Hilda schwerhörig wäre, damit ich lauter sprechen konnte.
Ich habe ihr erzählt, dass in der Verwaltung bald mal ordentlich aufgeräumt würde. Vor allem die Lebensmittelaufsicht habe möglicherweise Auflagen erteilt, die nicht rechtens waren. Es sei ja nicht wirklich etwas gefunden worden. Zurzeit würde das von einer Anwältin überprüft und man könne gespannt sein.
Die Sekretärin kenne ich noch von früher, sie ist das größte Klatschmaul unter der Sonne. Bis spätestens heute Abend wissen alle Bescheid."
„Und du denkst, sie werden jetzt versuchen, Tatsachen zu schaffen oder Beweise zu platzieren." Rosi beugte sich gespannt vor.
„Aber wie soll das gut für mich sein, ich kann sie doch nicht daran

hindern."

„Das brauchst du auch nicht", unterbrach sie Jasmin. „Das werden wir übernehmen. Du kannst ruhig schlafen und wir legen uns mit der Videokamera auf die Lauer. Richtig so?"

Fragend schaute sie Gudrun an, die zufrieden nickte und suchend über den Tisch schaute. „Wenn das jetzt geklärt ist, hätte ich gerne noch so einen Glückskeks, ich glaube die machen wirklich süchtig."

Als Rosi am nächsten Morgen die Backstube betreten wollte, rief sie die Meisterin aus dem Fenster ihres Büros zu sich. Dort erwarten sie Jasmin, Finja und Lillemor mit breitem Grinsen am Fernseher. „Du siehst jetzt den Krimi der besonderen Art", erklärte Jasmin. „Wir hatten uns abgewechselt und Finja hat ihn erwischt. Hast du den Mann schon mal gesehen?"

Rosi trat näher, um mehr auf dem Video zu sehen. „Es ist ziemlich dunkel, aber ich denke, dass ist Herr Sauer von der Lebensmittelaufsicht, er zieht das linke Bein etwas nach. Das ist mir gleich aufgefallen, oft genug war er ja da. Was hat er denn hinterlassen?"

„Das wissen wir noch nicht, wir wollten erst mit dir reden. Und es wäre auch gut, wenn wir das Video an Gudrun schicken würden. Sie hat mir gestern ihre Adresse hier gelassen."

Gerade als Jasmin die Übertragung beendet hatte, hörte man Tumult auf dem Hof. Flo versuchte einen Mann daran zu hindern, auf das Gelände zu gelangen und der plusterte sich ziemlich auf. „Das ist Herr Sauer", flüsterte Rosi und ging mit einem mulmigen Gefühl nach unten.

„Flo, bitte, der Herr hat das Recht bei uns zu kontrollieren. Bitte, treten Sie ein". Herr Sauer sah sie wütend an, bemühte sich dann aber um Freundlichkeit.

„Uns haben schon wieder Beschwerden erreicht, denen ich nachgehen muss. Ich mache schließlich nur meine Arbeit im Interesse der Bürger. Und damit kein falscher Eindruck entsteht, habe ich diesen jungen Reporter mitgebracht, um alles fotografisch zu dokumentieren. Also lassen Sie uns anfangen."

Noch während er sprach, steuerte er die Backstube an. Jasmin gab Finja, die die Videokamera noch in der Hand hielt, einen Wink und die ließ die Kamera einfach weiterlaufen.

In der Backstube zog sich Herr Sauer Einmal-Handschuhe über und lief ganz gezielt zum ersten Mehlbehälter auf der rechten Seite, den Rosi kaum noch benutze.

Er öffnete den Deckel und zog mit einer demonstrativen Bewegung eine tote Maus hervor, hielt sie hoch in die Kamera und verkündete. „Solche hygienischen Bedingungen bedeuten eine Gefährdung der Gesundheit unserer Bürger. Ich schließe diese Einrichtung kraft meines Amtes. Hier wird nicht mehr gebacken!"

„Aber wir benutzen die Backstube auch, wenn auch nur stundenweise", warf Jasmin ein. „Jetzt nicht mehr. Ich weiß nicht, wer Sie sind, aber hier backen Sie auf keinen Fall. Das bekommen Sie auch schriftlich." Damit drückte er Rosi ein Schreiben in die Hand und verschwand mit dem Fotografen.

Am Abend dieses Tages, der so dramatisch begonnen hatte, fand im Innenhof von Rosis Grundstück eine größere Feier statt, für die man den großen Tafeltisch der Beginen nach draußen getragen hatte.
Gudrun, Hilda und einige andere Frauen der schnellen Eingreiftruppe waren gekommen und mussten immer wieder schildern, wie die Bäckerei gerettet wurde.

„Es ist uns etwas peinlich", erzählte Hilda, „dass ausgerechnet ein Volontär von unserer Lokalzeitung beteiligt war. Als der mit stolzgeschwellter Brust dort ankam, haben wir ihn in Empfang genommen, Georg Brüning, der Verleger, und ich. Es war sehr schnell klar, wie der junge Mann in diese Geschichte geraten war. Herr Sauer von der Lebensmittelaufsicht hat ihm die Reportage seines Lebens versprochen. Er könne dabei sein, wenn ein Lebensmittelskandal großen Ausmaßes aufgedeckt würde. Und er hatte ihn auch angewiesen, die Kamera sofort auf den ersten Mehlbehälter zu richten. Nach Georg Brünings eindringlichen Worten, was wirklich guten Journalismus ausmacht, ist er mit hängenden Ohren abgezogen. Ich hoffe, dass es ihm eine Lehre sein wird."

„Mit diesen Informationen und mit euren Videos, hatten wir genügend Material", setzte Gudrun fort, „um den Bürgermeister zu informieren. Zum Glück kennt er uns schon gut und hat Hilda und mich sofort empfangen. Er wäre fast durch die Decke gegangen, als er das Video gesehen hat, auf dem Sauer widerrechtlich auf das Gelände geschlichen ist. Den sind wir los. Und die Bäckerei ist wieder geöffnet, das haben wir auch schriftlich."

Und darauf wurde häufig an diesem Abend angestoßen und ausgiebig gefeiert. Henny und die anderen Beginen hatten sich mit dem Essen wirklich übertroffen, aber der Clou des Abends waren Rosis Glückskekse, die sie am Nachmittag nachgebacken hatte und von denen alle schwärmten.
„Mir ist nur noch nicht klar, warum das alles passieren musste, warum man unserer Rosi so zugesetzt hat."
Felicitas, die Meisterin war nachdenklich und machte sich offensichtlich noch Sorgen. Gudrun, die gerade dabei war, sich noch einen der begehrten Glückskekse zu schnappen, legte ihn vorsichtshalber schnell auf ihren Teller und zog ihr Smartphone aus

der Tasche.

„Der Bürgermeister hat mich vorhin informiert, dass gegen Merk, den Marktleiter, ermittelt wird, wegen Anstiftung zu einer Straftat. Wahrscheinlich nicht zum ersten Mal. Der Typ von der Lebensmittelaufsicht, den er bestochen hatte, war schnell dabei, seine Haut zu retten, und hat wahrscheinlich mehr geplaudert, als meine Tante Hermine, die Schnattertasche. Damit dürften wir beide los sein. Und Rosi, bist du zufrieden?"

Rosi lehnte sich zurück und ließ ihre Blicke über die Frauen am Tisch, die vielen neuen Freundinnen, gleiten. „Ich bin nicht nur zufrieden, ich bin heute so glücklich, dass ich die Kekse eigentlich nicht mehr brauche. Deshalb bekommt Jasmin mein Rezept geschenkt. Ihr könnt es in euer Sortiment aufnehmen und viele Menschen damit glücklich machen. Ich bin es schon."

Kräuterfrau über Nacht

„Das ist doch wirklich das Allerletzte. Was bildet sich die blöde Kuh eigentlich ein!"

Leonie Albert lief wütend durch ihr Zimmer. Natürlich war da nicht viel zu laufen. Sechs Schritte zum Fenster und sechs Schritte zurück. So klein war jetzt ihr Zimmer im Seniorenheim. Mit so wenig musste sie auskommen!

Und dabei hatte sie sich ihren Ruhestand so idyllisch ausgemalt, damals als sie sich in die großzügige Senioren-Residenz eingekauft hatte. Zwei wunderschöne Räume, ein Balkon mit Morgensonne für einen fantastischen Start in den Tag.

Und jetzt das: Ein mieses kleines Zimmer, Beruhigungstabletten am Abend und wer den Mund aufmachte, hatte mit drakonischen Strafen zu rechnen. Nur weil sie vor zwei Tagen einen Brief von einem Anwalt erhalten hatte, war ihr von der neuen Geschäftsführerin der Ausgang untersagt worden. Dass es um eine Erbschaftsangelegenheit ging, konnte sie doch nicht wissen. Oder doch? Wurde auch die Post schon kontrolliert?

Angeblich sei Leonie zu schwach auf den Beinen und es sei zu gefährlich, das Haus zu verlassen. „Natürlich!" Leonie trat vor Wut gegen den Stuhl, der durch das Zimmer rollte. „Wenn ich diese Menge an Tabletten eingenommen hätte, die für mich gedacht war, dann wäre ich schwach auf den Beinen. Aber das habe ich zum

Glück nicht gemacht. Nur wo finde ich jetzt jemanden, der mich begleitet?" Mit Begleitung könne sie selbstverständlich ihren Termin wahrnehmen, hatte Frau Meiser höhnisch lächelnd formuliert.

Wen konnte sie anrufen? Wirkliche Freunde hatte sie kaum gehabt, sicher da gab es jede Menge Bekannte. Schließlich hatte sie sich ihr Leben lang für Literatur und Kunst interessiert, war zu vielen Veranstaltungen gegangen, wo man immer Menschen traf, die sich für das Gleiche begeistern konnten.

Am ehesten hatte sie sich noch mit ihren Arbeitskolleginnen ausgetauscht oder auch mal über etwas Persönliches gesprochen. Nur viel gab es da nicht zu erzählen. Leonie lebte alleine, hatte keine Exmänner, keine Kinder, also auch keine Enkel, keinen Garten, nicht einmal eine Katze.

Alles wofür sie sich interessierte, stand damals noch in ihren großzügig angelegten Bücherregalen, die drei Wände in ihrem Wohnzimmer einnahmen. Von den meisten Büchern hatte sie sich schweren Herzens getrennt, als sie sich in die Senioren-Residenz einkaufte und einen großen Teil davon der Leihbibliothek geschenkt, in der sie mehr als vierzig Jahre gearbeitet hatte.

Das war damals, als sie und Irene fast gleichzeitig in Rente gingen. Irene! Bei ihr blieben die Gedanken hängen.

Das war eine der nettesten Kolleginnen gewesen, mit der sie auch am längsten in Kontakt geblieben war. Ob sie noch die alte Nummer hatte? Das konnte man feststellen, dachte Leonie und wählte. Irene freute sich über den Anruf und war auch sofort bereit, sie zu ihrem Termin am Nachmittag zu begleiten. Leonie, die spürte, dass Irene Fragen hatte, hielt das Gespräch sehr kurz und vertröstete sie auf den Nachmittag. Konnte man sicher sein, dass niemand mit hörte? In dieser Einrichtung ganz sicher nicht!

Gleich nach dem Mittagessen kleidete sich Leonie sehr sorgfältig um. Ein Termin bei einem Anwalt, da war sie sicher mit ihrem dunkelblauen Kostüm gut angezogen, das ihre weißen Haare angenehm betonte. Anfangs hatte sie es bedauert, dass sich ihre kräftigen schwarzen Haare verfärbten, aber mit ihrem frischen Teint und den rosigen Wangen sah sie auch jetzt immer noch jünger aus, als 67. *Der Lack ist ab, aber die Grundierung ist immer noch erste Sahne!* Wer hatte das immer gesagt? Richtig, Irenes Bruder. Und recht hat er, lächelte sie ihrem Spiegelbild zu. Jetzt ging es ihr schon wesentlich besser. Mal sehen, was der Anwalt von ihr wollte.

Als sie Irene auf dem Vorplatz traf, war sie so erleichtert, dass sie sie fast stürmisch umarmte. Irene sah gut aus, in ihrem moosgrünen Hosenanzug, der ihre braungoldenen Haare leuchten ließ, aber irgendwie wirkte sie trotz der Freude auch bedrückt. Leonie warf einen wachsamen Blick zum Haus zurück, dann zog sie Irene so schnell wie möglich durch das Gartentor, auf die Straße und in das nächste Café, wo sie endlich frei reden konnte.

„Wir haben noch eine Stunde bis zu meinem Anwaltstermin, aber ich muss einfach mit jemandem reden. Dieses Heim ist wirklich der letzte Schuppen, den du dir vorstellen kannst. Ich würde lieber heute als morgen verschwinden, aber es geht nicht."

Irene, die mittlerweile zwei extra große Cappuccino geordert hatte, strich ihr tröstend über die Schulter. „Ich habe schon damals nicht nachvollziehen können, wieso du dich mit 65 in ein Seniorenheim einkaufst, aber damals war es wenigstens ein tolles Haus."
Leonie schaute zu Boden, dann lächelte sie schüchtern. „Du kennst mich doch. Du weißt, dass ich alleine gelebt habe. Ich hatte einfach panische Angst davor, nicht gefunden zu werden, wenn ich sterbe."
„Also davon bist du doch noch weit entfernt", lachte Irene.
„Das sehe ich heute auch so. Aber damals glaubte ich, wenn ich mich gleich eingewöhne, fällt es mir später leichter. Anfangs war es ja auch toll. Ich hatte eine schöne Wohnung, brauchte mich um nichts zu kümmern und konnte lesen, so oft und so lange ich wollte."
Leonie bekam glänzende Augen, als sie sich daran erinnerte, aber als Irene sie nur fragend ansah, seufzte sie abgrundtief.
„Vor einem Jahr hat die Betreiber-Gesellschaft Konkurs angemeldet und wir wurden in ein anderes Altenheim umgesiedelt, in dem

wirklich schlimme Zustände herrschen.

Die Leiterin, Frau Meiser, ist eigentlich eine Mensch gewordene Handgranate, klein und rund, aber mit enormer Zerstörungskraft. Ich würde am liebsten wieder verschwinden, aber wie? Mein eingezahltes Geld wäre nicht mehr vorhanden, hat man mir lapidar mitgeteilt.

Natürlich wollte ich mich damit nicht zufrieden geben. Aber Frau Meiser und ihre Bodygards arbeiten mit höchst rabiaten Methoden. Nur weil ich nicht aufhören wollte Druck zu machen, hat man mir den Ausgang gestrichen und die Tablettenration erhöht."

„Was denn für Tabletten?" Irene konnte das gar nicht fassen.

„Sie geben uns Beruhigungstabletten. Manche dämmern nur noch vor sich hin, aber ich nicht. Ich habe alle Tabletten in die Toilette geworfen und runtergespült. Aber Hoffnung auf Hilfe habe ich keine mehr."

„Vielleicht solltest du mit einem Anwalt darüber sprechen, ich kenne eine sehr gute Anwältin. Aber du gehst doch heute zum Anwalt, möglicherweise kannst du das nutzen." Irene schob ihre leere Tasse zur Tischmitte und warf einen Blick auf ihre Armbanduhr.

„Du hast recht." Leonie, die ebenfalls die Uhr im Blick hatte, erhob sich. „Wir sollten gehen und sehen, welche Überraschung auf mich wartet."

Als sie die Kanzlei erreicht hatten, suchte sich Irene eine Parkbank gegenüber aus und zog ein Buch aus ihrer voluminösen Tasche.

„Geh ruhig, ich warte hier auf dich und begleite dich auch wieder zurück."

Dreißig Minuten später kam Leonie mit einem höchst verwirrten Gesichtsausdruck wieder zu Irene zurück. „Stell dir vor, ich habe ein Haus geerbt, von einer Großtante, die ich überhaupt nicht gekannt habe. Was soll ich denn mit einem Haus irgendwo in der Südstadt? Soll ich da etwa alleine hinziehen, ganz weit draußen?" Sie hatte sich richtig in Rage geredet, so dass ihr Irenes interessierter Blick entgangen war. „Wenn das Haus groß genug ist, würde ich mit dir hinziehen. Dann könnte ich endlich den Terror hinter mir lassen."

Wütend wischte Irene ihre Tränen zur Seite. Leonie schlug beschämt die Hände zusammen. „Ach entschuldige bitte, ich jaule dir hier die Ohren voll, mit meinen Problemen und du hast selber welche." Sie setzte sich zu Irene und strich ihr tröstend über die Hand. „Dafür kannst du doch nichts. Mein Angebot war wirklich ernst gemeint."

„Aber du wohntest doch in diesem netten Häuschen, zusammen mit deinem Bruder, der Möbel restauriert." Leonie konnte sich noch gut erinnern. „So war das mal", bestätigte Irene. „Ich bin in dem Haus geboren und nach meiner Heirat auch geblieben. Kurt war ja auch einige Jahre verheiratet, er wohnt erst seit seiner Scheidung wieder in meinem Gästezimmer. Vor drei Monaten hat uns der Vermieter gekündigt, wegen Eigenbedarf. Ich wollte das nicht hinnehmen, weil ich schon einen Verdacht hatte und habe Kati, die Rechtsanwältin eingeschaltet."

„Das ist doch die, die mit euch in Hildas Eingreiftruppe ist. Darüber habe ich in der Zeitung gelesen, die ist bestimmt gut."

„Das ist sie tatsächlich, sie hat es geschafft, dass der Vermieter, der die Tochter eines guten Freundes einziehen lassen wollte, die Kündigung zurückgezogen hat."

„Dann ist doch alles gut", freute sich Leonie. Aber Irene, die ihre Tränen nur mühsam zurückhalten konnte, schüttelte den Kopf.

„Nichts ist gut. Ab da begann der Terror. Fast jede Nacht klingelt das Telefon, natürlich ist niemand dran. Zweimal wurden Fensterscheiben eingeworfen, die Stromleitung wurde gekappt, so dass ich alles aus meinem Gefrierschrank weg werfen konnte. Das Wasser wurde schon abgestellt, es lagen tote Ratten vor der Tür.

Und natürlich kann man dem Vermieter nichts nachweisen. Ich würde lieber heute als morgen ausziehen, aber bisher haben wir nichts Passendes gefunden, es gibt selten Wohnungen mit einer Werkstatt. Und Kurt ohne Werkstatt, das geht überhaupt nicht."

Beide schauten trotz des schönen Sommertages betrübt nach unten, mussten aber lachen, als sie auch noch zur gleichen Zeit seufzten.

„Wir sind vielleicht zwei Trauerklöße, wir sollten uns erst Mal das Haus ansehen, ehe wir weiter jammern."

Leonie sah auf ihre Unterlagen. „Veilchenweg, wo mag das denn sein?" Irene lächelte. „Oh, das kenne ich. Ganz in der Nähe hatte meine Großmutter einen Garten. So weit ist das wirklich nicht. Hast du die Schlüssel?"

Und als Leonie ihr den altmodischen Schlüssel zeigte, zog sie ihr Handy aus der Tasche. „Ich rufe meinen Bruder an, der kann uns fahren. Dann geht das schneller." Während sie noch auf Kurt warteten, versuchte Leonie in ihrem Gedächtnis irgendetwas über die ominöse Großtante zu finden.

Während sie noch auf die Unterlagen schaute, fiel ihr doch noch einiges ein. „Oh, die Gute ist 98 Jahre geworden. Nach dem Geburtsdatum ist sie jünger als meine Großmutter gewesen. Und sie hieß, ach ich fasse es nicht: Agrimonia! Jetzt weiß ich Bescheid. Das ist die Hexe, über die nicht gesprochen werden durfte."

Irene lachte nur. „Du weißt doch, dass es keine Hexen gibt, damit kannst du mich nicht abschrecken." „Das will ich auch nicht. Ich kann mich nur erinnern, dass die Erwachsenen hinter vorgehaltener Hand flüsterten, dass sie Sachen machen würde, die nicht von dieser Welt seien. Was immer das auch bedeutete, damals hätte ich sie liebend gerne kennengelernt. Ich dachte, sie würde Liebeszauber und solche Sachen machen, na ja, was man sich mit dreizehn so vorstellt."

Es hupte und Kurt öffnete die Türen seines Autos weit. „Taxi für die Damen. Oh, hallo Leonie, lange nicht gesehen. Wie geht's, wie steht's? Wo soll`s denn eigentlich hingehen? "

Als ihm Irene beim Einsteigen die Adresse zurief, wunderte er sich doch. „Der Veilchenweg unserer Oma. Das ist ja interessant. Alles anschnallen, los geht`s." Kurt ist immer noch ein großes Kind, obwohl er mittlerweile auch Ende 50 sein müsste und kaum noch Haare hat, dachte Leonie. Aber er hat ein gutes Herz und vor allem goldene Hände. Und die konnten enorm wichtig sein, wenn es mit dem Haus wirklich etwas werden sollte.

Als sie in den Veilchenweg einbogen und zur richtigen Hausnummer kamen, war vom Haus zunächst nichts zu sehen. Schon der Eingang war von Grün überwuchert. Die Gartentür knarrte zwar, ließ sich aber problemlos öffnen. Nur ein schmaler Pfad aus Steinplatten führte weiter in das Grundstück hinein. Gespannt folgten die drei dem Weg und sahen endlich nach einer kleinen Biegung das Haus der ominösen Großtante Agrimonia. Und das, was vor ihnen lag, war wirklich so, wie man sich ein Hexenhaus vorstellte. Es war gar nicht so klein, wie Leonie befürchtete, sondern hatte über dem Erdgeschoss noch eine Etage und darüber vermutlich eine Mansarde unter dem ausladenden Spitzdach.

Vom Fachwerk, das teilweise kunstvoll geschnitzt war, konnte man kaum noch etwas sehen, so einnehmend hatte der Efeu das Haus überwuchert. Der Garten, den sie auf dem Plattenweg durchquerten, war eher eine gepflegte Wildnis, als ein Garten, aber höchst beeindruckend.

„Hier sieht es aus, als ob gleich eine Elfe hinter dem Busch auftauchen würde", flüsterte Irene ergriffen. Nur Kurt lachte. „Das muss die Tante von Harry Potter gewesen sein. Aber stabil sieht das Haus aus. Hoffentlich ist es auch groß genug."

Schon unterwegs hatten sie die Idee diskutiert, alle in das Haus einzuziehen und Kurt fand das ganz passabel. Deshalb suchte er auch als erstes nach Anbauten und wurde prompt fündig. „Kommt her, das muss die Hexenküche sein."
Als Leonie und Irene in die kleinen Fenster spähten, konnten sie ihm nur recht geben. Die Decke des geräumigen Anbaus war voller Kräuterbüschel, die dort getrocknet wurden. Es roch nach Tee oder Heu oder auch wie früher bei Oma, dachte Irene. Auf einem großen Holztisch standen Geräte, die keiner von ihnen je gesehen hatte. Vermutlich um Pflanzen zu pressen oder Tinkturen daraus zu machen, schlussfolgerte Leonie. Höchst geheimnisvoll.

„Wir sollten jetzt reingehen, sonst denken die Nachbarn, wir wären Einbrecher." Die Haustür ließ sich leicht öffnen, anscheinen war sie frisch geölt. Die drei betraten das Haus sehr vorsichtig, immerhin war Tante Agrimonia 98 gewesen, vielleicht musste man sich auf Überraschungen gefasst machen.
Aber nichts von alledem, auch in dem kleinen Flur roch die Luft

zwar etwas abgestanden, aber immer noch angenehm nach Kräutern. Irene staunte über die gepflegten Möbel im Eingangsbereich.
Leonie, die gerade die nächste Tür öffnete, die in die Küche führte,
hatte den gleichen Eindruck. „Der Anwalt hat gesagt, sie hätte völlig alleine gelebt und alles bewältigt. Nur ist sie dann wohl gestürzt, Oberschenkelhalsbruch. Von der OP ist sie leider nicht mehr
aufgewacht. Eigentlich schade, sie war bestimmt eine interessante
Frau, wenn ich das so sehe."

Irene lugte um die Ecke. Die Küche war schon etwas abgewohnt,
aber sehr sauber. Die kleinen Spitzengardinen an den Fenstern war-
en etwas verstaubt, aber immer noch weiß und in den blanken
Übertöpfen der Küchenkrauter spiegelte sich die Sonne. Die Mitte
des Raumes nahm ein stabiler, runder Holztisch mit bequemen
Korbstühlen ein. Und Leonie konnte sich schon gut vorstellen, wie
sie alle gemeinsam in der Küche essen würden.
Das Wohnzimmer war ziemlich groß, wurde aber durch zwei
Wandvorsprünge geteilt. Auf der einen Seite gab es einen runden
Tisch mit hochlehnigen Stühlen und einen klassischen Buffet-
schrank, von offensichtlich guter Qualität, denn Kurt pfiff erstaunt
durch die Zähne. In der Nähe des Fensters stand ein kleiner Da-
menschreibtisch mit gedrechselten Beinen, auf dem ein Laptop lag.
Die andere Seite wurde von voluminösen Sesseln, einer Couch und
einem großen, aber alten Fernseher dominiert, wie Kurt enttäuscht

feststellte. Leonie und Irene waren inzwischen nach oben gegangen. Schon der erste Raum, dessen Tür Leonie öffnete, brachte sie erneut zum Staunen. Offensichtlich war das Agrimonias Schlafzimmer. Ein großes Bett aus hellem, fast weißem Holz, vielleicht Birke, stand so, dass man vermutlich morgens als erstes die Sonne sah.

Ein großer Kleiderschrank und zwei flache Schränke aus dem gleichen Material füllten die angrenzende Wand, die wie zwei der anderen Wände weiß gestrichen war. Die vierte Wand war mit Ranken von rosafarbenen Heckenrosen so wirkungsvoll bemalt, dass die Frauen entzückt aufkeuchten.

„Oh, wie schön! Hier ziehe ich ein! Am Besten heute noch!" Leonie setzte sich auf das Bett und prüfte die Festigkeit.

„Sollten wir nicht wenigstens die anderen Räume ansehen?" Irene bremste Leonie ungern aus, aber sie war auf die weiteren Räume genauso gespannt.

Insgesamt gab es vier Räume, alle hatten etwa die gleiche Größe und alle waren sehr hell und ohne offensichtliche Schäden. Alles was notwendig wäre, war frische Farbe, neue Gardinen und natürlich Putzen. In Irenes Kopf lief schon ein Szenarium ab, wie sie alles gestalten könnte. Ihr würde ein Schlafzimmer reichen und das Wohnzimmer unten wäre für alle groß genug.

„Wir sollten eine Wohngemeinschaft gründen", platzte sie heraus. Ihr Bruder kicherte. „Na klar, eine Alten-WG!"

„Noch so einen Satz und verzichtest auf das Abendbrot!" Irene wurde immer energisch, wenn sie andere von ihrer Idee überzeugen wollte.

„Jeder könnte hier oben ein Schlafzimmer haben und gemeinsam hätten wir unten das Wohnzimmer und die Küche. Es gibt sogar zwei Bäder mit Dusche, das ist wirklich schon altengerecht. Deine Großtante muss eine kluge Frau gewesen sein." „Der Anwalt hat mir das auch bestätigt, sie hat wohl einige Sachen erneuern lassen, die Bäder und Toiletten. Dabei ist wohl ihr Geld drauf gegangen. Etwas mehr als 6.000 gehören noch zum Erbe, aber das werde ich erstmal zurücklegen, falls Reparaturen anfallen."

Leonie verschwand wieder in ihrem neuen Schlafzimmer und begann das Bett abzuziehen. Irene wollte sich an ihren Bruder wenden, um seine Unterstützung zu erhalten, aber der polterte die Treppe hinunter und murmelte nur „Anbau".

Kurze Zeit danach hörte sie ihn aufgeregt rufen. „Kommt runter, das muss ich euch zeigen!" Als beide nach unten stürzten, sahen sie Kurt breit grienend im Anbau stehen. Er breitete die Arme aus, als wollte er den Raum umarmen.

„Darf ich vorstellen: Meine Werkstatt! Leute, hier gibt es einen Starkstrom-Anschluss. Das entscheidet alles. Leonie, wann kann ich einziehen?"

„Von mir aus sofort", grinste die. „Ich mach das jedenfalls noch

heute. Ich habe mir oben das Bett frisch bezogen und gründlich
gelüftet. Ich werde auch nochmal durchwischen, Irene, wenn du
dich in der Zeit noch ein wenig um die Küche kümmern würdest?"

„Du meinst das wirklich ernst? Dann gründen wir die WG?" „Natürlich tun wir das", versicherte Leonie. „Kurt, in der Küche habe
ich Beerenwein entdeckt, wenn der genießbar ist und wir Gläser
finden, können wir auch darauf anstoßen." Kurt salutierte grinsend.
„Immer zu Diensten, Madam. Solche Aufträge liebe ich!"

Drei Stunden später schloss Leonie die schwere Haustür erneut auf.
Irene und Kurt halfen ihr, ihre Sachen nach oben zu tragen. Viel
hatte sie ja nicht mehr. Ein paar Klamotten, ihre Lieblingsbücher,
etwas Kosmetik und einen größeren Holzkasten, der von Kurt neugierig beäugt wurde. „Das sind meine Farben", erklärte Leonie.
„Ich habe zwar lange nicht mehr gemalt, aber hier habe ich bestimmt wieder Freude daran."
Ihre größte Freude aber war, endlich dem Altenheim den Rücken
kehren zu können, endlich wieder frei zu sein. Was störte es sie,
dass in einigen Räumen noch Staub lag und vieles ausgeräumt und
verändert werden musste? Das Alles hatte Zeit.
Entscheidend war, dass sie endlich wieder ihr Leben hatte. Und das
entgeisterte Gesicht von Frau Meiser, als die mitbekommen hatte,
dass sie für immer gehen würde, war es wert gewesen. Noch in

dem kleinen italienischen Restaurant, in das sie Irene und Kurt zum Abendessen eingeladen hatte, waren sie aus dem Lachen kaum herausgekommen.

„Sie hören von meiner Anwältin." Damit hatte sie Frau Meiser stehen lassen. Und jetzt war sie hier und fühlte sich schon fast zu Hause. „Danke, Großtante Agrimonia. Du hast mich gerettet!"

Als sie endlich im Bett lag, sich auf die Seite kuschelte und noch einmal die Heckenrosen bewunderte, nahm sie sich vor, diese zweite Chance, die ihr das Leben bot, wirklich voll zu nutzen.

Erst am nächsten Morgen stellte sie fest, dass etwas Wesentliches fehlte. Tante Agrimonia schien die Kräuter wirklich sehr geliebt zu haben, es gab außer Kräutertee, Obstsäften und Beerenwein nichts Trinkbares im Haus. Also machte sich Leonie erst einmal auf die Suche nach Kaffee, nach einem Frühstück, und als erstes nach einer Fahrgelegenheit.

Hinter dem Anbau entdeckte sie einen größeren Schuppen, der ihnen gestern entgangen war. Dort hatte Agrimonia offensichtlich ihre Gartengeräte untergestellt und oh Wunder – es gab ein Fahrrad oder besser ein Dreirad. Leonie freute sich trotzdem, weil sie damit auch die Einkäufe viel besser transportieren konnte.

Als die Mittagszeit herankam und sie das Haus wieder betrat, hätte sie sich am liebsten selbst auf die Schulter geklopft. Soviel hatte sie geschafft! In ihren Fahrradkörben waren eine supertolle Kaffeemaschine, die sich Leonie schon immer gewünscht hatte, Lebensmittel für die kommende Woche und Farben für die Wände und Küchenschränke. Außerdem hatte sie einen Kühlschrank und eine Waschmaschine gekauft. Dafür war etwas von dem geerbten Geld draufgegangen, aber die alten Geräte, waren einfach zu alt und zu klein.

Nach dem Essen ging sie sofort an die Arbeit, über der sie einfach die Zeit vergaß. Erst am Abend machte sie sich ein Sandwich, Quark mit frischem Schnittlauch, den sie im Garten entdeckt hatte und setzte sich vor das Haus.
Der Korbstuhl auf der kleinen Veranda hatte bestimmt schon bessere Tage gesehen, aber er war stabil und mit der Decke, die sie sich gesucht hatte, erstaunlich kuschelig. Der kleine Tisch daneben hatte eine Steinplatte und schien schon in den Boden eingewachsen zu sein. Vielleicht war das Agrimonias Lieblingsplatz und ihrer könnte es auch werden, so ruhig und friedlich, wie es hier war.
Sie holte sich noch ein Glas Beerenwein und genoss den Sonnenuntergang.
Morgen früh hatte sie noch einiges zu tun, Irene würde erst am Nachmittag kommen, aber die würde staunen! Eigentlich hatte sie erwartet, dass sich Irene und Kurt genau so in die Arbeit stürzen würden, wie sie, hatte aber doch Verständnis dafür, dass beide bereits vereinbarte Termine einhalten mussten.

Am Morgen freute sich Leonie schon über die ersten Strahlen der Sonne, die ihr ins Gesicht fielen. Sie streckte sich zufrieden in ihrem Bett, auch wenn ihr Rücken von der ungewohnten Arbeit etwas schmerzte.

Wie anders doch ihre Tage hier verliefen, sie fühlte sich trotz des leichten Muskelkaters so energiegeladen, als wäre sie durch einen Jungbrunnen geschwommen. Nach dem Frühstück putzte sie die Fenster in der Küche und brachte die gewaschenen Gardinen wieder an. Da die Waschmaschine erst später kommen würde, hatte sie die Gardinen im Becken durchgespült und auf der Leine im hinteren Teil des Gartens getrocknet. Danach wischte sie alle Schrankfächer aus, wusch das Geschirr ab und wischte den Boden. Gerade als sie die Stühle zurück in die Küche brachte, tauchte Irene an der Küchentür auf und brach in Begeisterungsrufe aus.

„Leonie, du bist ja eine Künstlerin! Das ist toll! Und du hast schon so viel geschafft! Haben dir die Heinzelmännchen geholfen? Lass dich umarmen, das ist Spitze. Wenigstens habe ich Kuchen mitgebracht. Oh, du hast eine neue Kaffeemaschine. Gut, jetzt lass uns erst Mal in aller Ruhe unseren Kaffee genießen." Aber noch als sie saßen, wanderten die Blicke durch die verwandelte Küche. Leonie hatte die Fronttüren der gut erhaltenen Küche weiß nachlackiert und auch die Wände weiß gestrichen. Angeregt durch die Malereien von Großtante Agrimonia war es ihr gelungen, unter der Decke rund um die Küchenwände eine zarte Ranke mit Mohnblüten zu malen, die gut zum roten Teekessel und den roten Töpfen passte.

„Ich wollte eigentlich nur testen, ob ich es noch kann. Aber vielleicht sollten wir die Idee einfach fortführen. Mein Zimmer ist das Heckenrosenzimmer, welche Blume würdest du dir wünschen?"

Irene lächelte, ihr gefiel die Idee auf Anhieb. „Ich mag am allermeisten gelbe Rosen. Und bei Kurt bitte keine Blumen, irgendwas mit Holz.

Übrigens, für morgen habe ich eine kleine Überraschung. Ich bringe einige Helfer mit, Ruth, Frieda und Gerda aus Hildas Eingreiftruppe und für die schweren Sachen noch Lukas, einen Kumpel von Kurt und Moritz, den Enkel von Gerda." „Super", freute sich Leonie. „Dann können wir alles ausräumen, die Wände streichen und saubermachen. Damit ihr bald einziehen könnt."

„Ist das nicht toll!" Irene wirkte fast ein wenig euphorisch. „Wir haben das letzte Jahr kaum voneinander gehört, aber wir haben uns sofort wieder prima verstanden. Die Zeichen stehen gut für unsere WG." „Dann lass uns schon mal durch die Räume gehen und festlegen, was bleibt und was weg kann."

Am nächsten Morgen wurden die Helfer mit Hallo empfangen und sofort eingewiesen. Alle Möbelstücke mit einem roten Punkt kamen zu Kurt, der sich ein Partyzelt aufgestellt hatte, in dem er die Möbel reinigte und aufpolierte, die ein Antiquitätenhändler am

Nachmittag abholen würde.

Mit weiteren Farbpunkten war alles bezeichnet, was für einen Trö-
delmarkt geeignet war und auch was ohne Bedauern entsorgt werden konnte. Die schweren Sessel und die Sofas hatte Kurt bereits
mit Lukas herausgetragen, die wollte er aufarbeiten.
Der Rest blieb in den Zimmern oder wurde dorthin zurückgebracht.

Kurt, der bei Irene auf einem schmalen Gästebett schlafen musste,
hatte sich für das breite Bett und den Schrank aus Birkenholz entschieden, das schon in seinem künftigen Zimmer stand. Und auch
Irene fand, dass diese Variante ihren Umzug entspannter machen
würde, nachdem sie festgestellt hatte, dass die Matratze ziemlich
neu war,
Alles war gut geplant und lief ohne Störungen bis das Erdgeschoss
und die erste Etage geräumt waren. Danach kam nur noch die Mansarde und damit begannen die Probleme. Es gab Riesenmengen an
Kästen mit Büchern, Kartons, Hutschachteln, Kleiderkoffern in
Überseegröße, Lampen, Nippes und Souvenirs aus aller Welt.
Am liebsten hätten die Frauen jetzt stundenlang gekramt, so ver-
führerisch war die Auswahl, aber zunächst wurde alles in den An-
bau gebracht, um es später gründlich zu sichten.
Als die Mansarde geräumt war, entpuppte sie sich trotz der kleinen
Fenster als eigenständiger Wohnraum, mit den gleichen stabilen
Holzdielen, wie das ganze Haus. Moritz jedenfalls wäre gerne ein-

gezogen. „Coole Location", flüsterte er seiner Oma zu, die lächelnd nickte. Allerdings gab es an einer Wand Wasserflecken, die Kurt und Lukas sorgenvoll betrachteten. Das könnte Ärger geben!

Während Irene und Leonie in der Küche noch flüsternd berieten, wie sie die Helfer verpflegen wollten, hupte vor dem Tor ein Auto drei Mal. Irene, die das Zeichen kannte, rannte sofort, um das Tor zu öffnen.

Hilda, die von Katis Architektenfreund Christian, begleitet wurde, brachte drei große Picknickkörbe, die begeistert begrüßt wurden. Als sie sich der Aufmerksamkeit der Anwesenden sicher sein konnte, strich sich kurz über ihr silberblau getöntes Haar und lächelte breit. „Überraschung! Möbel kann ich leider nicht mehr tragen, aber als Mutter Fourage bin ich noch ganz gut. Außerdem habe ich euch einen hervorragenden Architekten mitgebracht, falls es Probleme geben sollte."

Nachdem Irene Hilda und Leonie bekanntgemacht hatte, regte sie einen Rundgang durch das Haus an. „Ich bewundere immer wieder deinen Weitblick, Hilda. Wir haben tatsächlich ein Problem."

Sie winkte Kurt zu, der den Architekten nach oben führte.

Es dauerte eine Weile, die alle nutzten, um die Picknickkörbe leichter zu machen. Irgendwann rief jemand nach einer Leiter, es wurde gehämmert und geflucht. Aber dann erschienen die drei Männer wieder in der Runde, allerdings mit ernsten Gesichtern.

„Das Dach ist an dieser Stelle schadhaft."

„Na und, je größer der Dachschaden, umso freier der Blick auf die Sterne", flaxte Leonie, um dann wieder ernster zu werden.

„ Das gilt natürlich nur, wenn es nicht regnet Wie schlimm ist es denn?" „Wir haben die Stelle erst einmal abgedichtet, die Wand ist auch nicht feucht. Aber wie lange das hält, wenn wir im Herbst Dauerregen haben, kann ich nicht sagen. Und es gibt noch mehr ähnliche Stellen, es wäre besser, das Dach würde vor dem Herbst neu gedeckt."

Leonie wurde blass. „Und was kostet so etwas?" Christian runzelte die Stirn. „Auch das kann ich nicht genau sagen, das hängt von der jeweiligen Firma ab." Als ihn Leonie jedoch weiter bedrängte, nannte er ihr eine Summe, die ihr den Atem stocken ließ. Dafür würde ihr Reparaturfond bei weitem nicht reichen.

„Wir brauchen eine Ideenkonferenz, wenn wir hier fertig sind", flüsterte sie Leonie und Kurt zu. „Wie kommen wir möglichst schnell zu Geld oder wollt ihr vielleicht doch nicht einziehen?" „Das ist doch Quatsch mit Soße", lachte Kurt. „Natürlich ziehen wir ein. Und ich habe schon zwei Ideen für einen Reparaturfonds. Ich habe das Esszimmer aufpoliert, nachher kommt Herzberg, der Antiquitätenhändler vorbei. Ihm tropfte schon der Zahn, als er die Fotos gesehen hatte, dem knöpfe ich einen ordentlichen Batzen ab. Vorschlag zwei: Wir nehmen Lukas in unsere WG auf. Er hat sich endlich von seiner Frau, der alten Xanthippe, scheiden lassen und sucht was Passendes. Und er hat einen Riesenvorteil, er ist Gärtner und würde sich auch um den Garten kümmern." „Schon überzeugt". Jetzt fühlten sich Leonie und Irene wieder etwas besser. „Dann lasst uns jetzt die Wände streichen, damit wir fertig werden."

Nachdem Hilda und Christian verabschiedet waren, wurden die Pinsel und Rollen geschwungen und die Tapeten einfach weiß grundiert. In den ersten Räumen, in denen die Farbe noch trocknete, wurden schon die Fenster geputzt, die Türen und Böden gewischt und bei einigen auch schon wieder eingeräumt. Lukas, der hocherfreut war, in diese Truppe mit Familienanschluss aufgenommen zu werden, hatte sich auch das Bett und den Schrank aus Birkenholz in sein künftiges Reich gestellt und würde am nächsten Tag einziehen.

Fast zum Schluss kam Gerda zu Irene und druckste etwas herum. „Ich habe gehört, ihr macht hier eine WG. Gibt es da eine Altersgrenze?" Irene winkte Leonie und Kurt zu, die sich dem Gespräch anschlossen. „Bisher hatten wir einen solchen Gedanken nicht. Wir sind da absolut tolerant. Hast du Interesse?"

„Nein, nein", wehrte Gerda ab, „ich liebe mein Häuschen. Es geht um Moritz, meinen Enkel. Er ist doch Azubi in der Gartenbau-Firma, wo auch Lukas arbeitet. Wenn er bei euch in der Mansarde wohnen könnte, hätte er morgens 10 Minuten mit dem Fahrrad. Von mir aus braucht er über eine Stunde. Und er macht keinen Ärger, ich habe ihn gut erzogen. Er ist auf keinen Fall so wie sein Vater." „Das glauben wir dir", beruhigte sie Irene, die sich noch gut an die Ermittlungen gegen den korrupten Baustadtrat erinnerte.

„Moritz, was sagst du denn dazu?" Kurt rief den schlaksigen Siebzehnjährigen mit dem Bürstenschnitt zu sich. „Willst du wirklich, mit diesen alten Leuten zusammenleben?" Moritz schaute zunächst verunsichert, merkte dann aber Kurts Grinsen und nickte zustimmend. „Wenn ihr auch so cool seid, wie meine Oma, ziehe ich sofort ein, aber nur unters Dach. Das wird mein Revier." „Gut, dann lass uns mal deine Möbel aussuchen."

Leonie nutzte den nächsten Tag, um ihre Malereien in den Zimmern zu beenden und freute sich über die erstaunten Gesichter, als Lukas und Moritz gegen Abend ihre Zimmer bezogen.
Bei Moritz hatte sie eine Ecke genutzt, um einen alten, knorrigen Baum zu malen, der seine Äste in das Zimmer ragen ließ. Auf einem der kleinen Zweige saß ein frecher kleiner Spatz.
Auch Lukas war angenehm überrascht, wie schnell er sich in dem Zimmer zuhause fühlte, dessen Fensterwand mit Efeuranken verziert war. Nach dem Abendessen, brachen die beiden zu einer Inspektion des Gartens auf, die damit endete, dass sie erst einmal

jäten mussten, um die Pflanzen zu sehen. „Agrimonia scheint enorm viele Pflanzen gekannt zu haben, die mir überhaupt nichts sagen." Leonie gab ihr Unwissen ungern zu, aber erhoffte sich von Lukas mehr Durchblick.

Der schüttelte den Kopf. „Ich kann euch höchstens die Küchenkräuter kennzeichnen. Es gibt hier so viele, ihr solltet sie auf dem Markt verkaufen. Das brächte auch Geld." „Gute Idee", murmelte Leonie, „geschnitten oder als Pflanze?" „Macht beides. Die anderen Kräuter sind wahrscheinlich Seltenheiten, ich kenne kaum etwas davon."

Leonie war mit ihren Gedanken schon ganz woanders, irgendwo im Anbau gab es ein Kräuterbuch, da würde sie sich gleich etwas einlesen. Und vielleicht fanden sich auch kleine Töpfe. Da könnte sie morgen schon loslegen. Aber zuerst musste sie noch den Abwasch machen, zum Glück kamen morgen Irenes Sachen, auch mit einem Geschirrspüler.

Während sie das Geschirr abtrocknete, kam Moritz mit seinem Laptop unter dem Arm. „Leonie, hast du zufällig den Zugangscode für das WLAN?" Leonie schüttelte ratlos den Kopf. „Wenn ich wüsste, was das ist, könnte ich dir vielleicht antworten." „Das ist eine drahtlose Verbindung zum Internet", erklärte ihr Lukas, der nach Moritz erschien. „Ihr glaubt doch nicht, dass eine 98-jährige Frau Internet hatte? Das ist doch lachhaft!" „Ist es nicht", grinste Moritz. „Oben vor der Mansarde befindet sich ein Router. Das muss eine coole alte Lady gewesen sein."

Leonie fühlte sich beschämt, sie hatte sich bisher mit Händen und Füßen gegen den Computer gewehrt und ihre Großtante hatte mit fast hundert Jahren möglicherweise im Internet gechattet oder wie das hieß. Sie müsste unbedingt in dem kleinen Schreibtisch nachsehen.

Am nächsten Tag überschlugen sich die Ereignisse. Vormittags zogen Irene und Kurt ein und nachmittags kamen Kühlschrank und Waschmaschine und auch der Geschirrspüler konnte endlich angeschlossen werden.

Selbst wenn Leonie die Ankunft Irenes überhört hätte, die Freudenschreie über die Rosenranke waren bestimmt bis Timbuktu zu hören. Auch Kurt umarmte sie erfreut, als er den Birkenwald in seinem Zimmer entdeckte. Solange die derzeitigen Reparaturaufträge noch nicht erledigt waren, würde er die alte Werkstatt noch weiter nutzen und danach erst die neue umbauen.

Irenes Sofalandschaft füllte jetzt den vorderen Teil des Wohnzimmers, einschließlich eines großen Fernsehers, den Moritz bereits ausprobierte. Der rückwärtige Teil des Raumes war als Arbeitszimmer geplant, immerhin wurden jetzt einige Computer-Plätze gebraucht und essen mochten alle sowieso lieber in der großen, gemütlichen Küche.

Noch am Nachmittag telefonierte Leonie mit der Anwältin und ließ sich einen Termin geben. Auch wenn sie nicht die gesamte Einlage

zurückbekommen würde, jede Summe könnte bei der Dachrepara-
tur helfen. Und warum sollte sie auf ihr Geld verzichten?

Deshalb kam sie erst am nächsten Morgen dazu, mit Irene über den
Vorschlag zu sprechen, Kräuter auf dem Markt zu verkaufen. Inzwischen hatte sie schon entdeckt, dass Lukas einige Beete mit
einer Tafel versehen hatte, auf der in großen Buchstaben der Name
der Pflanze stand.

Irene war sofort begeistert. „Wir sollten einen Test machen, ehe wir
irgendwelche Genehmigungen oder Gebühren brauchen. Ich rufe
Frieda an, sie war am Wochenende dabei, die kleine Stämmige mit
den rötlichen Locken. Ihre Tochter verkauft auf dem Markt, vielleicht können wir es da ausprobieren."

Nachdem Frieda das Okay signalisiert hatte, machten sich Leonie
und Irene am nächsten Tag sehr, sehr früh mit ihren frisch geschnit-
tenen Kräutern und den Pflanztöpfen auf den Weg zum Bauern-
markt. Friedas Tochter hatte ihnen am Ende des Tisches großzügig
Platz eingeräumt und beide dekorierten ihr Angebot höchst gespannt. Schon bald lief der Verkauf von Petersilie, Schnittlauch,
Rosmarin oder Dill fast routiniert. Irene hatte das Kräuterbuch für
alle Fälle unter dem Tisch auf einem Hocker liegen und wollte fast
schon Entwarnung geben, als eine Kundin mittleren Alters nach
dem Salbei griff.

„Meine Mutter hat damit immer den Entenbraten verträglicher gemacht. Was kann man denn sonst noch damit anfangen?" Irene

rutsche vor Schreck nach unten, um schnell in das Buch zu schau-
en, während Leonie aufgeregt versuchte, sich an etwas aus dem
Kräuterbuch zu erinnern. Um die Unsicherheit zu überspielen,
nahm sie ein Salbeiblatt in die Hand und plötzlich, fast wie unter
Zwang, begann sie zu reden.

"Die meisten Menschen kennen heute nur noch den spanischen
Salbei durch die Chia-Samenkörner. Das hier ist der einheimische
Salbei. Er hilft nicht nur in der Küche, er ist gut gegen Halsweh
und ganz besonders wirksam, wenn man schnell in Hitze kommt
oder Hitzewallungen hat. Dann kann man Salbei-Tee trinken oder
sich mit dem Aufguss waschen. Salbei hat antibakterielle Eigen-
schaften, er nimmt damit auch den störenden Geruch. Wenn Sie
außerdem etwas Pikantes für eine Festlichkeit brauchen, dann wären Salbei-Zweige in einen Teig aus Mandelmehl, Eier, Brandy und
Cayenne-Pfeffer getaucht und im heißen Öl ausgebacken, etwas
ganz Besonderes."

„Oh, Sie wissen aber viel. Sie haben mir wirklich weiter geholfen.
Ich nehme gleich zwei Bund." Irene, die immer noch unten saß,
ließ die angehaltene Luft ausströmen. „Das war alles richtig. Nur
das Backen steht nicht im Buch. Woher hast du das?"
Leonie sank auf den Hocker daneben. „Meine Knie zittern. Ich
weiß nicht, woher das eben kam, aber wenn es richtig war, bin ich
beruhigt." Vielleicht hatte sich ihr Kenntnisreichtum herumgesp-
rochen oder es wurde an diesem Tag sehr viel benötigt, schon nach

zwei Stunden waren ihre Vorräte erschöpft und die beiden Markt-
frauen auch. Immer noch begeistert von ihrem überraschenden Erfolg fuhren sie nach Hause. „Jetzt können wir uns für einen Stand
anmelden", rief Irene, die kaum zu bremsen war.

„Aber vorher klären wir, wie viel du wirklich weißt. Am besten
gleich hier im Garten, ich hole nur das größere Kräuterbuch."
Leonie schüttelte den Kopf, das war doch vertane Zeit!
Als Irene zurückkam und ihr eine beliebige Pflanze zeigte, passier-
te nichts. „Keine Ahnung, das habe ich noch nie gesehen." „Aber
auf dem Markt hast du so viel über Salbei gewusst. Was genau hast
du da gemacht?"
Leonie überlegte. „Ich wollte etwas Zeit gewinnen und habe das
Blatt zwischen den Fingern gerieben." „Dann mach das wieder!"
Irene beugte sich gespannt vor.
Kaum hatte Leonie das Blatt berührt, begann sie wieder zu sprechen, ohne genau zu wissen, woher die Worte kamen.
„Das ist Spitzwegerich, den kann man äußerlich für Wundbehand-
lungen einsetzen. Wenn du dir zum Beispiel bei einer Wanderung
eine Risswunde zuziehst, kannst du sie mit sauberem Spitzwegerich verbinden. Innerlich hilft er bei Erkrankungen der oberen
Luftwege, auch als Honig. Außerdem lässt sich daraus noch ein
wohltuendes Augenwasser herstellen, für gereizte und müde Augen."

„Das stimmt alles. Du weißt sogar mehr als im Buch steht. Wie machst du das?" Irene saß staunend in ihrem Korbstuhl, aber auch Leonie wunderte sich. Es war, als ob durch die Berührung der Pflanze, das Wissen darüber, in sie hineinfließen würde.

„Vielleicht liegt es an diesen Pflanzen, vielleicht sind sie verhext?" Irene rätselte weiter. „Ich probiere das jetzt auch aus."

Aber auch wenn Irene das Blatt zwischen den Fingern rieb, es passierte nichts. „Also funktioniert es nur bei dir! Egal, wir testen weiter."

Und immer wenn Irene ein neues Blatt gepflückt hatte, konnte Leonie dazu etwas sagen, während Irene den Inhalt mit dem Kräuterbuch auf Zuverlässigkeit überprüfte. Als sie fast alle Beete abgegrast hatte, kam sie noch mit einer unscheinbaren Pflanze. „Das ist Circaea lutetiana, das Hexenkraut, es ist blutstillend und macht vor allem attraktiv. Eine Tinktur daraus über die Stirn gerieben, soll das andere Geschlecht magisch anziehen."

Irene blieb vor Erstaunen der Mund offen stehen. „Also, das ist echt toll! Diese Pflanze steht überhaupt nicht in dem dicken Kräuterbuch. Und jetzt der letzte Test."

Irene reichte erneut ein Blatt, aber Leonie nahm das Blatt gar nicht erst an, sondern lächelte nachsichtig. „Das hatten wir schon, das ist Spitzwegerich. Dein Gedächtnis braucht etwas Auffrischung, griechischen Bergtee, zum Beispiel." Aber auch Irene grinste erfreut. „Das war ein Test, um herauszufinden, ob du dein Wissen behältst oder ob es nur mit Blatt in der Hand funktioniert."

„Das war echt clever", staunte Leonie. „Vermutlich weiß ich auch schon einiges aus den Büchern, die ich in den letzten Tagen gelesen habe. Wir können also weitermachen."

Wenn Leonie später an diesen Tag zurückdachte, wurde ihr bewusst, dass von da an, diese Pflanzen einen immer größeren Raum in ihrem Denken einnahmen. Es war fast magisch, wie es sie immer wieder in den riesigen Garten zog und wie gut und entspannt sie sich dabei fühlte. Es drängte sie regelrecht, mehr zu erfahren und wenn sie endlich etwas mehr Zeit hätte, auch mit der Zubereitung von Auszügen und Tinkturen zu beginnen. Offensichtlich zündete der Funke auch bei Irene, denn in der Folgezeit gab es öfter leckere Kräutersoßen und sogar einen herzhaften Käsekuchen mit acht verschiedenen Kräutern.

Am Nachmittag dieses aufregenden Tages der Entdeckungen, nahm sie sich dann Agrimonias Schreibtisch vor, den Kurt auch gerne verkaufen würde, zuvor musste er aber geleert werden. Da der Verkauf des Esszimmers den Reparaturfonds schon deutlich aufgestockt hatte, hofften sie bei dem zierlichen Rokoko-Schreibtisch auf ein ähnliches Ergebnis. Leonie legte Mappen und Ordner zunächst zur Seite, um sie später durchzusehen. Im untersten Fach fand sie Unterlagen, die vermutlich etwas mit Computern zu tun hatten.

Wie hatte Moritz ihre Großtante genannt? Eine coole alte Lady! So langsam war Leonie geneigt, ihm zuzustimmen.

Noch mehr ins Staunen geriet sie, als sie die Mappen durchging und die Korrespondenz ihrer Großtante fand. Sie schien sich mit der halben Welt über Heilpflanzen ausgetauscht zu haben.

Da gab es nicht nur Schreiben aus England, Italien, Frankreich sondern sogar aus Russland und Japan.

Als sie ihre neuen Erkenntnisse beim Abendessen weitergab, staunten die anderen genauso, wie sie. Moritz nahm hocherfreut die Computerunterlagen an sich, hatte er doch schon den WLAN-Code erspäht.

Am nächsten Morgen bereitete sich Leonie auf ihren Termin vor, den sie bei Katharina Görlich, der Anwältin, hatte. Zum Glück waren noch alle Unterlagen des Kaufs von vor zwei Jahren vorhanden und auch die schriftliche Mitteilung, dass ihre Einlagen verlustig gegangen seien. Allerdings war dieser Brief nur von Frau Meiser unterzeichnet und das war Leonie schon immer höchst sonderbar vorgekommen. Die Anwältin sah das ähnlich und meinte, sie hätte schon viel früher kommen müssen. Sie sei im Recht und sie würden das auch gemeinsam durchkämpfen.

Noch auf dem Heimweg genoss Leonie dieses wunderbare Gefühl, es gab andere Menschen, die ihr halfen, die sie ernst nahmen.

Unter dem Regime von Frau Meiser, schien ihr doch sehr viel von ihrem Selbstwertgefühl verloren gegangen zu sein.

Aber auch das ließ sich wieder reparieren. Irene freute sich mit ihr über das Ergebnis und während sie ihren Kaffee tranken, schien sie offensichtlich schon wieder einen Test machen zu wollen.

Sie hatte in ihrem Handy die Aufnahmefunktion aktiviert und fragte Leonie. „Welche sieben Kräuter sind deiner Meinung nach unverzichtbar in der Küche?" Während Leonie Petersilie, Dill, Bohnenkraut, Schnittlauch, Basilikum, Rosmarin, Thymian und Salbei aufzählte, die Verwendung erklärte und auch noch einige Besonderheit, wie die gebackenen Zweige erwähnte, machte sich Irene Notizen.

„Was schreibst du denn da?" Leonie warf einen Blick auf den Block. „Das kann doch kein Mensch lesen!" „Doch ich", konterte Irene. „Und was ich gerade mache, soll ein Manuskript werden. Ich habe mir so etwas vorgestellt, wie eine kleine Kräuterkunde für den Hausgebrauch. Erster Teil: Kräuter für die Küche; zweiter Teil: Kräuter für die Schönheit und dritter Teil: Kräuter gegen Wehwehchen. Was hältst du davon?"

„Eigentlich nicht schlecht, aber wer soll das drucken, Kräuterbücher gibt es doch schon die Menge."

Aber Irene ließ sich nicht aus dem Konzept bringen. „Natürlich gibt es viele Kräuterbücher, aber sehr umfangreiche, die die Leute nur ins Regal stellen. Wir geben hauptsächlich praktische Informationen und nur für eine überschaubare Menge an Kräutern.

Ich befrage dich und schreibe den Text und du zeichnest die Pflanzen dazu. Dann verkaufen wir das für ein paar Euro auf dem Markt, gemeinsam mit den Kräutern."

„Aber wenn wir das drucken lassen, das kostet doch Unsummen." Doch Irene lächelte nur. „Lass mich nur machen. Das übernimmt Books on Demand. Das ist ein Verlag, der druckt die Bücher nur bei Bedarf. Das hält die Kosten niedrig und verschwendet kein Papier. Wir beziehen dann nur die Bücher, die wir wieder verkaufen können. Das wird ein Riesenspaß. Stell dir vor, wir zwei Bücherwürmer als Autorinnen!"

„Das glaube ich erst, wenn wir auch in unserer alten Bibliothek im Regal stehen. Aber ich bin dabei."

In den nächsten Tagen staunte Leonie, wie gekonnt Irene die Vorbereitung ihrer kleinen Kräuterkunde handhabe. Sie legte ein solches Tempo vor, dass Leonie mit ihren Zeichnungen kaum nachkam.

Als sie gemeinsam den zweiten Monat ihrer WG mit gebackenen Salbeispitzen und Beerenwein feierten, kamen schon die gedruckten Bücher, die in erstaunlich kurzer Zeit fertiggestellt waren und entsprechend bewundert wurden.

Auch zum Reparaturfonds gab es nur optimistische Neuigkeiten, denn Kurt war es gelungen, den Schreibtisch, das aufgearbeitete Sofa und die Sessel zu verkaufen. Und natürlich strahlte er und natürlich erwartete er, gelobt zu werden.

„Abzüglich der Materialkosten, die ich gebraucht habe, gibt es einen satten Gewinn von 2.000 Euro. Das ist ein echter Grund zum Anstoßen."

„Ich habe auch einen", setzte Leonie fort. „Kati hat es geschafft, ich habe den größten Teil meiner Einlage zurück. Es wurden nur Verwaltungskosten abgezogen. Falls Frau Meiser wirklich scharf darauf war, das bekommt sie nicht mehr. Und der Amtsarzt hat sich auch schon mit dem Heim befasst, da muss jemand nachgeholfen haben. Das freut mich wirklich. Also können wir unser Dach jetzt decken lassen."

„Aber wir gehen doch trotzdem weiter zum Markt oder? Ich glaube mir würde das fehlen. Und wir haben ja auch einiges eingenommen." Irene wirkte trotz der allgemeinen Freude eher enttäuscht.

„Natürlich machen wir weiter", beruhigte sie Leonie. „Das ist ein altes Haus, wer weiß schon, was als nächstes ausfällt. Aber haben wir denn noch genügend Vorräte?"

Lukas hatte sich Notizen gemacht, die er kurz überflog. „Ich gieße sie regelmäßig, es dürfte auch noch drei Wochen reichen, aber dann ist sowieso Herbstpause oder wir schaffen uns ein Gewächshaus an." „Interessanter Gedanke", murmelte Leonie, während Lukas seinen Tischnachbar Moritz auffordernd anstieß.

„Wir hatten im Anbau noch nach Pflanztöpfen gesucht und sind auf einige alte Bilderrahmen gestoßen, eher Miniaturen. Wir haben sie weiß lackiert und Irene hat uns einige von deinen Zeichnungen gegeben. Das könntet ihr doch auch auf dem Markt verkaufen oder?"

„Du hattest diese Zeichnungen aussortiert", rechtfertigte sich Irene, „aber wir fanden sie gut." „Ich fand sie auch gut, aber sie waren zu groß für das Buch. Wieso lacht ihr denn?" Leonie schaute ratlos in die Runde.

„Wenn Irene deine Zeichnung eingescannt hat, dann kann sie sie auf dem Laptop verkleinern und vergrößern, so wie sie das braucht." Leonie hatte der Erklärung von Moritz aufmerksam gelauscht. Gut zu wissen. So ein Computer schien doch eine gute Sache zu sein. Sie sollte endlich mal einen Versuch wagen.

„Wir sind wirklich eine produktive WG." Irene lehnte sich zufrieden zurück, sandte allerdings einen strengen Blick zu Kurt „Nur mit dem Putzen klappt es noch nicht so richtig, deshalb habe ich beschlossen, immer am Putztag zu backen. Und nur wer saubermacht, bekommt Kuchen."

„Guter Vorschlag", freute sich Moritz, der sein „Baumhaus" geradezu mit Begeisterung putzte. „Ich hätte auch noch einen Vorschlag", meldete sich Kurt, ungerührt von der schwesterlichen Kritik. „Lukas, Moritz und ich haben angefangen, den Trödel im Anbau zu sortieren. Was wir hier nicht loswerden, sollten wir übers Internet anbieten. Da sind wirklich einige wertvolle Sachen dabei, nur sie müssen weg. Ich will meine Werkstatt einrichten. Und wenn es öfter Kuchen gibt, muss ich vor Ort sein und notfalls auch putzen. Für Irenes Kuchen lohnt sich das immer."

Am nächsten Markttag bestätigte sich Irenes Vorhersage. Die Bilder und vor allem die Bücher wurden ihnen fast aus der Hand gerissen. „So praktisch, so hübsch und auch noch preiswert."

Mit diesem Kommentar hatten sich auch ihre Standnachbarn gut eingedeckt. Wie immer, wenn sie nach Hause fuhren, waren ihre Körbe leer. „Stell dir vor", erzählte Irene erfreut, nachdem sie ihre Handynachrichten angesehen hatte. „Hilda hat in der Buchhandlung 100 von unseren Büchern bestellt, um die 10. Klassen damit auszurüsten. Und außerdem liegt es jetzt sowohl in der Buchhandlung, als auch in unserer ehemaligen Bibliothek. Das ist echt toll."

Auch wenn dieser Sommer wunderbar lange war, geht er jetzt offensichtlich zu Ende, dachte Leonie, als sie morgens aus ihrem Fenster die Nebelschwaden sah. Sogar der Markt war an diesem Tag etwas verhaltener und wurde mehr vom Herbstgemüse dominiert. Dennoch gab es wie immer einige Fragen an die Kräuterfrauen und wie immer verkauften sie auch ihre Angebote. Ein bisschen traurig verabschiedeten sie sich von ihren Standnachbarn.

Am Abend noch hing Leonie ihren wehmütigen Gedanken nach. „Ich bin zwar zu den Kräutern gekommen, wie die Jungfrau zum

Kind, aber jetzt ist es richtig schade, dass wir nicht mehr zum Markt gehen. Es war schön, etwas Besonderes zu sein."

„Das bist du doch sowieso und wir bleiben auch Kräuterfrauen. Schau mal, Moritz hat für uns einen Weblog eingerichtet."

Erstaunt folgte Leonie Irenes Aufforderung und sah auf dem Laptop eine Art Ratgeber-Seite mit der Überschrift „Die Kräuterfrauen" und gestaltet mit einigen ihrer Zeichnungen. „Aber ich kann doch nicht…"

„Das musst du auch nicht", beruhigte sie Irene, die genau verstanden hatte. „Ich interviewe dich und schreibe es dann in den Blog.

Dort können wir zusätzlich im nächsten Jahr noch andere Angebote starten. Vielleicht machst du einen Workshop zu Heilpflanzen und ich biete Kochen und Backen mit Kräutern an. Ist das nicht supertoll?"

„ Das ist es und ehe mir die Tränen kommen, Kurt, haben wir noch Beerenwein? Ich möchte auf Großtante Agrimonia trinken, die uns das alles ermöglicht hat. Und natürlich auf die Kräuter. Charles Darwin hat einmal gesagt *Kräuter sind das Lächeln der Erde*. Und uns haben sie wirklich viel Freude gebracht."

Der Ratgeber für alle Lebenslagen

„Also das ist doch der Gipfel! Das ist echt eine Zumutung!"
Carly Henkler stand im Flur ihrer Wohnung und starrte entsetzt
auf das Chaos.
Gerade kam sie von einer Fortbildung ihrer Drogerie-Kette zurück
und nur, weil ein Kollege sie mitgenommen hatte, war sie eine
Stunde früher als angekündigt. Sie hatte sich auf die Zeit mit ihrer
Familie gefreut und jetzt das!
Der Schulranzen ihres Sohnes Wenzel, die Tasche ihrer Tochter
Olivia, die Wetterjacken von beiden, Stiefel, Schuhe und Spiel-
zeug aller Art bildeten ein lustiges Durcheinander, während an den
Kleiderhaken und den Schuhfächern gähnende Leere herrschte.
Aber das war noch gar nichts gegen den Zustand der Küche. In der
Spüle stapelte sich Geschirr von mindestens drei Tagen, denn so-
lange war sie nicht hier gewesen.

Auf dem Küchentisch hatten die verschüttete Milch und die Früh-
stücksflocken eine zähe Masse gebildet, die vermutlich fester war
als Beton. Der Rest der Flocken war auf dem Boden gelandet und
sicher auch in die anderen Räume getragen worden. Als Carly das
Wohnzimmer sah, reichte es ihr absolut. Sie hatte sich so auf ihre
Familie gefreut, aber mit einer Batterie Bierflaschen und zwei Piz-
zakartons auf dem Tisch empfangen zu werden, war absolut das

Letzte. Sie schnappte sich ihren Trolley und verließ enttäuscht die Wohnung.

Vielleicht lag es ja nur daran, überlegte sie, dass sie zu früh war, vielleicht hätten sie ja noch ein Einsehen? Sie wurde langsam wütend, ja und vielleicht gab es demnächst im Vatikan eine Kita. So wahrscheinlich wäre die wundersame Wandlung ihrer Familie zur Ordnung, die sie sich wünschen würde.

Aber wohin jetzt? Sie ging immer noch wütend die Straße entlang. Sonst freute sie sich immer am herbstlich gefärbten Laub, das in der Sonne leuchtete. Und irgendwann würde sie mit Tom auch mal zum Indian Summer fahren, weil sie diese Farben so liebte. Aber heute hatte sie kein Auge dafür. Sie brauchte jemanden zum Reden. Am Besten ging sie zu Oma Ruth. Die war bestimmt zu Hause und hatte immer die richtigen Trostideen.

Früher hatte Oma Ruth als Redaktionssekretärin bei der Lokalzeitung gearbeitet, lange über das damalige Rentenalter hinaus und auch heute noch stürzte sie sich mit Hildas Eingreiftruppe ins Lokalgeschehen. Carly kicherte leise.

Wenn ich mal siebzig werden sollte, möchte ich auch so unternehmungslustig sein, wie Oma Ruth, dachte sie. Aber heute schien das mit dem Trösten nicht so richtig zu funktionieren. Sicher Oma Ruth hatte sie herzlich begrüßt, einen starken Kaffee gekocht und auch Carlys Lieblingsplätzchen auf den Tisch in der Küche gestellt.

Carly hing ihren olivgrünen Blazer an die Flurgarderobe, kickte ihre Absatzschuhe aus und schob sich auf die bequeme Polsterbank, auf der sie schon als Fünfjährige gesessen hatte.

Schon fühlte sie sich etwas besser. Als sie aber mit ihrem Klagelied begann, reagierte Oma Ruth anders als erwartet.
„Weißt du, dieses Jammern höre ich nicht zum ersten Mal, wann willst du denn wirklich etwas daran ändern?"
„Du meinst, ich müsste mir eine neue Familie suchen", flaxte Carly. „Nein, Kind, aber wenn in deiner Familie etwas nicht richtig läuft, wird es sich nicht einfach so in Luft auflösen, sondern du musst es ändern. Was sagt denn Tom dazu?"

„Ach der, der macht doch überhaupt nichts mehr im Haushalt, genau wie die Kinder. Alles muss ich alleine machen." Carly tat sich schon selber leid und die Tränen saßen auch ziemlich locker. „So schlimm", wunderte sich Ruth, „das hatte ich ganz anders in Erinnerung. Wenn ich bei euch war, haben doch alle geholfen. Ich hatte eher den Eindruck, dass du nicht zufrieden warst."
„Na ja, manchmal ging es mir nicht schnell genug und manchmal war es auch nicht sorgfältig genug. Da habe ich es lieber gleich selbst gemacht." „Und da wunderst du dich, wenn keiner etwas machen will?" Carly schaute ganz überrascht.
„Du meinst es liegt daran, dass ich ihre Motivation untergraben

habe. Darüber haben wir bei der Fortbildung viel gesprochen.“

Ruth lächelte, das kannte sie schon von ihrer Tochter und jetzt auch von der Enkelin. Dass die Kinder immer wieder die gleichen Fehler machten, war schon sonderbar. „Erinnere dich mal daran. Hat dir früher Aufräumen Spaß gemacht?“ Jetzt lachte Carly. „Ich habe es gehasst. Schon wenn Mutti aus der Küche schrie, dass ich aufräumen soll, während ich gerade noch das nächste Kapitel von Harry Potter lesen wollte. Es hat mir erst Spaß gemacht, als wir beide das Zauber-Such-Spiel daraus gemacht haben. Daran hätte ich auch schon längst denken können. Danke, Omi, du bist die Beste!“

Schon auf dem Rückweg zu ihrer Wohnung schwirrten die Gedanken durch Carlys Kopf. Sie müsste sich, wie früher von Oma Ruth oder auch aktuell auf ihrem Seminar gelernt, eine Reihe von Methoden und Strategien auswählen und das Problem direkt angehen. Welche genau, das würde sie überlegen oder auch ausprobieren. Vielleicht konnte sie sich auch mit ihrer Freundin Sina beraten, die kannte ihre Probleme, weil sie die gleichen hatte.
Bisher hatte sie vermieden weiter darüber zu reden, weil sie einfach keinen Ausweg wusste. Aber seit der Nachhilfe von Oma Ruth brannte sie regelrecht darauf, etwas zu ändern. Mit deutlich mehr Hoffnung als vorher, strich sie sich die honigblonden Haare zurück, die der Herbstwind in alle Richtungen wehte und beeilte sich

nach Hause zu kommen. Bevor sie in ihre Straße einbog, kam sie an einem Büchertrödel vorbei.

Mit geübtem Blick überflog Carly das Angebot. Manchmal versteckten sich auf solchen Wühltischen auch Bücher von Nora Roberts, ihrer Lieblingsschriftstellerin, nur heute leider nicht.

Aber ein anderer Titel zog sie wie magisch an, ein „Ratgeber für alle Lebenslagen". Das war doch was! Sie nahm das Buch in die Hand und begann zu blättern. „*Verhalte dich nie so, wie es erwartet wird!*". Noch so ein Gemeinplatz, dachte Carly und wollte das Buch gerade wieder auf den Tisch legen. Als sie dabei über die Zeilen strich, sah sie sich plötzlich vor ihrem inneren Auge die Chaos-Wohnung betreten. Sie musste nicht lange überlegen, um zu wissen, wie sie reagiert hätte. Sie hätte wütend geschimpft, wäre beleidigt gewesen und hätte vermutlich den ganzen Abend verbissen aufgeräumt und geputzt.

Langsam stahl sich ein Lächeln auf ihr Gesicht. Oh nein, heute nicht! Heute würde sie etwas ganz anderes machen. Höchst zufrieden bezahlte sie das Buch und packte es wie einen Schatz gleich in ihre Tasche. Danach steuerte sie zielgerichtet die Bäckerei an, um die sie sonst, der Linie wegen, einen großen Bogen machte. Heute kaufte sie die Lieblingsplätzchen ihrer Kinder und den kleinen Käsekuchen, der Tom besser schmeckte, als der seiner Mutter. Gespannt öffnete sie die Wohnungstür. Schade! Immer noch alles beim alten. Davon ließ sie sich jedoch nicht entmutigen. „Ich bin wieder da! Und hab was Leckeres mitgebracht." Nachdem sie ihre Sachen abgestellt, die Kinder umarmt, den flüchtigen Kuss von Tom entgegen genommen hatte, strahlte sie so, als sei alles in Ordnung.

„Lasst uns erst Mal gemütlich Kaffee trinken. Tom, machst du bitte die Kaffeemaschine an. Wenzel, wenn du die Spülmaschine einräumen würdest, könnte ich besser übersehen, wo noch Tassen sind. Und Ollie, holst du bitte die Kuchenplatte von Oma aus dem Wohnzimmer oder besser noch, wir trinken dort Kaffee."
„Ach Schatz, gestern war doch Fußball, es könnte sein, dass da noch Flaschen…"stotterte Tom. Aber Carly lächelte nur. „Das hast du doch schnell weggeräumt."
Innerlich musste sie grinsen, als alle drei sie verwundert betrachteten. Vermutlich hatten sie ein Donnerwetter erwartet, das nun ausblieb. Aber das schlechte Gewissen stand ihnen so plastisch im Gesicht, dass sich Carly auf die Innenseite der Wange biss, um ihr Lachen nicht laut heraus zu platzen
Als sie dann gemeinsam in dem blitzschnell aufgeräumten Wohnzimmer saßen, konnte sie es sich nicht verkneifen, Tom noch ein wenig auf die Schippe zu nehmen. „Darauf habe ich mich schon auf der Fahrt hierher gefreut, gemütlich mit euch zusammen zu sitzen. Du weißt ja, was heute für ein Tag ist." Den letzten Satz

hatte sie ihrem Mann mit einem bedeutungsvollen Augenaufschlag zugeraunt und natürlich seine begriffsstutzige Miene und sein plötzliches Erschrecken bemerkt.

Es war so einfach, ihrem Mann ein schlechtes Gewissen zu machen. Das machte ihn immer eifriger, sich um sie zu kümmern. Hoffentlich würde das noch bis zum Abend anhalten, denn auf das was später im Schlafzimmer passieren sollte, hatte sie sich auch gefreut.

Noch am Abend packte sie das neue Buch sorgfältig in ein Versteck. Sie würde noch viele gute Tipps brauchen und sich auch die Zeit nehmen, sie alle auszuprobieren. Denn der erste Ratschlag war schon ein voller Erfolg gewesen.

Am nächsten Tag begann das Wochenende.

Für Carlys Familie lief das immer auf die gleiche Art und Weise ab. Vormittags wurde endlos der Großeinkauf für die Familie erledigt und dann verkrümelte sich der Rest der Familie, um wieder zu kommen, wenn sie die Wohnung geputzt hatte.

Heute nicht, nahm sich Carly vor und holte nach dem Frühstück, das Tom fröhlich pfeifend vorbereitet hatte, ihr Buch aus dem Versteck. *„Mache das Notwendige interessant!"*

Kann ja gerne stimmen, überlegte Carly, aber dabei regte sich keine Idee. Was war los? Gestern hat es doch gleich funktioniert, als ich über die Zeile gestrichen habe.

Aha, das war´s. Schon beim ersten Darüberstreichen stellten sich Bilder in ihrem Kopf ein, die sie zufrieden lächeln ließen. Sie versteckte das Buch wieder und ging an ihr Handy.

Nach einigen Minuten suchte sie Tom, der sich gerade überzeugt hatte, dass um diese Zeit nichts Interessantes im Fernsehen lief. „Was hast du heute vor?"

Tom schaute sie verwundert an. „Fahren wir denn nicht einkaufen? Der Kühlschrank ist leer." „Was würdest du lieber machen?"

Bei dieser Frage schien er sich ernsthaft Sorgen zu machen. Er betrachtete sie so aufmerksam, wie vielleicht in den letzten fünf Jahren nicht. „Na ja, ich würde gerne zum American Football gehen. Du weißt, dass mein Bruder heute das erste Mal dabei ist. Aber das ist erst um 12.00 Uhr."

„Prima", lächelte Carly. „Grüß ihn schön und vorher könntest du noch einkaufen. Ich habe dir die Liste schon auf dein Handy geschickt. Wenn du allein gehst, dauert es bestimmt nicht so lange, wie bei uns allen. Du weißt viel schneller, was du willst."

„Stimmt!" Tom freute sich sowohl über die Anerkennung, als auch den freien Nachmittag.

„Und was machst du?" „Ach, ich werde mir mit den Kindern schon etwas überlegen." Carly antwortete bewusst vage.

„Wenn du die Einkäufe hast, kannst du sie auch gleich wegräumen?" „Klar, kein Problem."

Tom ging pfeifend in den Flur und verließ die Wohnung.

„Und dabei kannst du gleich sehen, was du beim nächsten Mal

nachkaufen musst", murmelte Carly noch lächelnd. „Aber das er-

fährst du noch früh genug."

Dann wandte sie sich dem Zimmer ihres 10-jährigen Sohnes zu.

„Wenzel, ob du mir helfen könntest?", rief sie durch die halboffene

Tür. „Ich mache ein Experiment, dafür wärst du der Spezialist.

Kann ich deine Regalwand fotografieren?"

Wenzel, der alles was Computer hieß, heiß und innig liebte, klapp-

te seinen Laptop zu und drehte sich um.

„Ist das jetzt eine Erziehungsmaßnahme, weil es so unordentlich

ist?" Carly lachte. „Das wäre schon eine erste Erkenntnis.

Ich probiere etwas aus, das ich bei der Fortbildung gelernt habe.

Kannst du mein Foto jetzt auf deinen Laptop hochladen und wenn

möglich vergrößern?"

Nachdem das geschehen war, betrachteten beide das Foto der Re-

galwand, Wenzel immer noch misstrauisch, Carly eher zuversich-

tlicher.

„Kannst du dich noch an Fipps, den kleinen Affen erinnern, den

wir mal aus dem Tierpark mitgebracht haben?" „Na klar", lachte

Wenzel, „das ist zwar schon ewig her, aber der war cool."

„Hast du den noch oder hast du ihn weggeworfen?"

„Auf keinen Fall! Der liegt dort, höchstwahrscheinlich."

Carly zog ihre Stoppuhr aus der Tasche und legte sie auf ihren Notizblock. „Wenn ich dich jetzt bitten würde Fipps zu suchen, was glaubst du, wie lange du brauchst?"

Wenzel betrachtete die Regalwand, fuhr sich frustriert durch die honigblonden Locken und stieß pustend die Luft aus.

„Oh je, das könnte Tage dauern."

„Das glaube ich auch", bestätigte Carly. „Lass uns gemeinsam überlegen, wie man schneller etwas finden könnte."

Da öffnete sich die Tür und Olivia schaute um die Ecke. „Was macht ihr denn, kann ich mitmachen?" „Nein das kannst du nicht!" Wenzel war sich seiner Wichtigkeit durchaus bewusst. „Wir machen hier ein Experiment. Dafür bist du zu klein!"

Carly, die sah, wie sich die Mundwinkel der Fünfjährigen schon verzogen und die Tränen locker saßen, nahm sie in den Arm.

„Das stimmt. Wenzel und ich machen hier einen wichtigen Versuch, aber danach bist du dran. Du könntest dich schon vorbereiten und mir alles genau aufmalen, was man für ein Prinzessinnen-Zimmer braucht." „Oh ja, und das kriege ich auch?"

„Ganz bestimmt", lachte Carly und wandte sich wieder Wenzel zu. Der hatte schon nachgedacht, schaute seine Mutter aber immer noch unsicher an.

„Ich könnte an die Schubfächer schreiben, was drin ist, dann wüsste ich es ohne hineinzusehen. Gut wäre auch eine Kiste für Kuscheltiere oder lieber für die Legosteine. Kuscheltiere brauche ich eigentlich nicht mehr. Na, ja, vielleicht noch eins oder zwei."

Carly freute sich. „Super, das sind wirklich drei tolle Ideen. Das notiere ich gleich. Kisten für verschiedene Sachen, Beschriftung der Schrankfächer. Und einige Stofftiere aussortieren. Was noch?"

Wenzel überlegte angestrengt. „Am besten wäre, wenn ich etwas, das ich gebraucht habe, danach gleich wieder dorthin zurücklege. Dann brauchte ich nie wieder aufzuräumen. Das wäre echt abgefahren!"
Strahlend sah er seine Mutter an. Carly umarmte ihn freudig.
„Super! Du warst große Klasse und das war ein tolles Experiment. Jetzt müssen wir nur noch wissen, wie viele Kisten du brauchst und wie viele Schilder für die Schubfächer, dann fahren wir nach dem Essen in den Baumarkt und holen alles. Du kannst das schon mal notieren, während ich nach deiner Schwester sehe."

Ich darf meinen Kindern wirklich mehr zutrauen, dachte Carly, die von Wenzels Einsichten und Ideen total überrascht war.
„Und was hat meine kleine Prinzessin geplant?"
Offensichtlich gar nichts. Etwas enttäuscht blieb Carly an der Tür

stehen. Olivia saß mit ihrer Puppe im Schaukelstuhl und sang leise vor sich hin.

Wie friedlich sie aussieht mit ihren blonden Löckchen, dachte Carly. Sie ist immer noch mein Baby, auch wenn sie gerade mal wieder ihre Grenzen austesten will. „Mandy geht es nicht gut, sie will auch nicht aufräumen." „Ach, das ist ja wirklich schlimm."

Carly zog Olivia samt Puppe auf ihren Schoß. „Soll ich dir die Geschichte von der Prinzessin erzählen, die ihre Lieblingspuppe verloren hatte?"

Und während Carly sich eine Geschichte ausdachte, in der die Prinzessin Mandy ihre weinende Puppe in all dem Spielzeug, das in ihrem Zimmer lag nicht finden konnte, rutschte Olivia von ihrem Schoß, stemmte die Arme in die Seite und rief empört: „Dann muss sie mal ganz fix aufräumen. So geht das doch nicht! Dann findet sie auch die arme Puppe."

Carly zuckte innerlich zusammen, dieser Ton erinnerte sie höchst unangenehm an ihre eigene Art, die Kinder zum Aufräumen aufzufordern. Das musste sie also auch ändern.

„Darüber habe ich gerade mit deinem Bruder gesprochen, er wünscht sich Kisten, damit er seine Sachen besser findet. Und du?"

„Dann möchte ich auch welche, aber meine müssen pinkfarbig sein. Und außerdem möchte ich auch solche Glitzerkissen für mein

Zimmer, wie sie meine Freundin Polly hat. Das reicht dann, man muss nicht immer Neues haben."

Wenn Kinder ihre Eltern spiegeln, kann das ganz schön unangenehm werden, dachte ihre Mutter. War sie früher auch so gewesen?

In der Küche war der Kühlschrank inzwischen wieder so gut gefüllt, dass sie problemlos, gemeinsam mit den beiden einen Gemüseeintopf mit Würstchen zaubern konnte. Danach fuhren sie zum Baumarkt, den sie nach einiger Zeit schwer beladen wieder verließen. Schon in der Küche wurden die Kisten nach Kategorien beschriftet, wie Stofftiere, Puppenkleider, Puppengeschirr, Autos, Holzspielzeug, Legosteine, Verbindungskabel und anderes.

Für Olivia, die erst nächstes Jahr eingeschult wurde, klebte Carly bunte Sticker zur Kennzeichnung auf. Noch immer voller Begeisterung sortierten die Kinder die Sachen gleich um, während sich Carly innerlich zur Ruhe mahnte, wenn etwas zu energisch durch die Luft flog.

Zum Schluss blieben hauptsächlich kaputte Sachen, aber auch noch einige verwertbare Spielsachen bei beiden Kindern übrig.

„Was machen wir damit, wenn ihr sie nicht mehr braucht?" Wenzel überlegte nicht lange. „Wir könnten die guten Sachen anderen Kindern geben, die kein Spielzeug haben". Auch dafür hatte Carly vorausschauend einen Karton bereitgestellt, der Rest wurde entsorgt.

Als die Regalwände in beiden Zimmern wohltuend ordentlich aussahen und durch Carlys Hilfe auch staubfrei waren, machte sie schnell noch Fotos, die Wenzel ausdruckte. An den Zimmertüren angebracht, bildeten sie ein anschauliches Beispiel. „Und jetzt, alle Kinder auf die Bäume, jetzt wird gesaugt." So schnell waren sie sonst nicht fertig, überlegte Carly.

Die Kinder waren erstaunlich hilfsbereit gewesen und fast etwas enttäuscht, dass es in den anderen Räumen nicht weiter ging. Carly vertröstete sie und als sie die anderen Räume gesaugt hatte, sahen sie sich gemeinsam das neue Video an, das Carly am Vortag mitgebracht hatte. Als sie alle gemütlich im Wohnzimmer saßen, Olivia auf dem Schoß und Wenzel an sie gelehnt, ließ sie ihre Blicke schweifen. Sonst hätte ich noch zwei Stunden geputzt. Aber so reicht es auch. Wie hatte Oma Ruth immer gesagt: *Es muss sauber aussehen, aber nicht klinisch sauber sein.*

Als Tom am Abend zurückkam und seine Familie schon am Abendbrottisch fand, fühlte er sich ein wenig ausgeschlossen. Eigentlich hatte er mit seinem Bruder noch ein Bier trinken gehen wollen, sich dann aber doch anders entschieden. Aber hier schien ihn ja kaum jemand vermisst zu haben. Nur die Kinder, doch die schon. Sie sprangen begeistert auf, um ihm zu zeigen, was sie geschafft hatten.

Olivia reagierte etwas vorwurfsvoll. „Ich musste die kranke Puppe retten und du warst nicht da. Siehst du, das sind alle neuen Kisten für die Prinzessin, dann kann sie immer ihre Puppen finden. Hast du auch solche Kisten für deine Sachen, Papi?"

Tom blinzelte etwas benommen, hatte er denn irgendetwas verpasst?

Als er nach dem Essen, den Geschirrspüler einräumte, raunte er Carly vorwurfsvoll zu. „Du hättest mir doch etwas sagen können. Dann wäre ich hiergeblieben und hätte geholfen. Jetzt komme ich mir vor, wie ein Rabenvater."

Carly, die sich innerlich freute, dass ihr Konzept aufzugehen schien, sah ihn reumütig an. „Du hast recht. Wir müssen das besser absprechen. Und was die Hausarbeit betrifft, will ich morgen mit den Kindern beraten, wer was übernehmen kann und natürlich vorher mit dir darüber reden."

„Und wie stellst du dir das vor?" Tom hatte die Stirn gerunzelt und klang noch ziemlich misstrauisch. „Ich habe über vieles nachgedacht und ich glaube es war falsch, dich im Haushalt zur Hilfskraft zu degradieren. Du kannst entschieden mehr!" „Wenn du meinst, ich helfe ja gerne."

Tom war von dieser Entwicklung mehr als angetan. Wenn die Fortbildung bei seiner Frau solche Einsichten auslöste, dann konnte sie noch öfter fahren. „Nein Tom, du sollst nicht mithelfen, sondern selbst entscheiden. Wenn du zum Beispiel, so wie heute, das Einkaufen voll verantwortlich übernehmen würdest, dann wäre das toll und für uns alle viel leichter. Wir müssten eine Liste aufhängen, wo man eintragen kann, was aktuell gebraucht wird. Dann kannst du das deiner Handy-Liste zufügen." „Das machen wir am besten in der Küche und im Bad. Dann habe ich den exakten Überblick." „Super, irgendwie habe ich das Gefühl, damals doch den richtigen Kerl geheiratet zu haben." Lachend verließen sie die Küche.

„Ich bereite noch einiges vor, das wir das morgen mit den Kindern diskutieren können. Was hältst du vom Tierpark am Nachmittag?" „Aber musst du denn nicht arbeiten?" „Nein, mein Schatz, es ist Wochenende!" Und das soll es auch künftig bleiben, schwor sie sich.

Am Sonntagmorgen nach dem gemeinsamen Frühstück, das so entspannt, wie schon lange nicht mehr verlief, legte Carly wieder ihren Notizblock auf den Tisch und breitete zahlreiche Kärtchen mit der Rückseite auf dem Tisch aus. „Das sind Aufgaben, die bei uns gemacht werden müssen, jeder zieht eine Karte und darf dann vorschlagen, wer das machen sollte. Einverstanden?" „Oh, ja", rief Olivia, „ich bestimme dann, was Wenzel machen muss."

„Das warten wir ab. Wer zieht als erster?" „Der, der eine sechs würfelt." Tom warf den Würfel auf den Tisch und grinste Carly an. Die war angenehm überrascht. Wer hätte das gedacht, mein Mann scheint Feuer zu fangen.

Als das Spiel zu Ende war, hatten die Kinder jeweils zur Ordnung in ihren Zimmern, noch zwei Aufgaben übernommen,

Wenzel würde die Spülmaschine ausräumen und die Wertstoffe entsorgen. Und Olivia die Blumen gießen und Staub wischen.
Tom hatte sich schon als Chefeinkäufer positioniert und würde auch das Frühstück regelmäßig vorbereiten.
Carly übernahm freiwillig das Abendessen und die Wäsche. Alles andere sollte gemeinsam erledigt werden, um mehr Zeit miteinander verbringen zu können.

Die erste Belohnung für ihren Einsatz bekamen die Kinder schon nach dem Essen. „Tierpark! Super! Kriegen wir auch ein Eis?" Als die Familie einträchtig durch die gepflegten Anlagen bummelte, war Carly wieder richtig glücklich. Ich hätte Oma Ruth schon früher fragen sollen, so wie es läuft, ist es richtig gut.

Es lief auch am nächsten Tag noch sehr gut. Dann aber sahen die Kinderzimmer fast wieder so aus, wie vorher. Carly war enttäuscht und suchte Rat in ihrem schlauen Buch. *Gehe mit Rückschlägen gelassen um. Neue Gewohnheiten entstehen nicht an einem Tag!*
„Das weiß ich auch schon", murrte Carly.
Als sie aber dann wieder über die Zeilen strich, schwirrte ihr fast der Kopf von den vielen Ideen, die sich meldeten.

Mit ihrer Tochter begann sie. „Ollie, mein Schatz, ich glaube wir haben etwas vergessen. Wir müssen jeden Abend bevor ihr ins Bett gehen könnt, das Aufräumlied singen." „Das Aufräumlied?"

Olivia wirkte schon etwas verschlafen, machte aber begeistert mit, als Carly zu singen begann:

Alles in die Kisten, alles in die Kisten, bis der Boden blitzeblank, alles in die Kisten, alles in die Kisten, der Rest kommt in den Schrank!

Erstaunlich schnell und ohne Murren waren die Sachen verstaut.

„Jetzt gehen wir zu Wenzel und kontrollieren, der kann das bestimmt nicht so gut wie wir!"

Olivia war sehr stolz auf sich und beeilte sich, das Wenzel auch im Einzelnen zu erklären, bis Carly einfach wieder anfing zu singen. Beide Kinder fielen ein und auch hier gab es relativ schnell ein gutes Ergebnis.

„Das machen wir jetzt immer so", erklärte Carly. „Jeden Abend muss der Boden blitzeblank sein. Ich kontrolliere das und alles, was noch auf dem Boden liegt, ist dann für euch verloren! Das verschwindet auf Nimmerwiedersehen! Das ist futsch!"

Beide Kinder grinsten bei dieser Ankündigung, so als ob sie die strenge Androhung nicht glauben könnten. Ihr werdet euch noch wundern, dachte Carly. Es würde ihr zwar auch schwer fallen, aber da mussten sie gemeinsam durch.

Offensichtlich wirkte die Ansage aber doch, denn in den nächsten Tagen klappte das Aufräumlied. Sie freute sich, dass sogar Wenzel sang, allerdings bei geschlossenen Türen. Größere Probleme hatte er mit der Entsorgung der Wertstoffe. Als er den Restmüllbeutel nach unten bringen sollte, stellte er sich an, als ob er dafür einen Schutzanzug bräuchte. Er schien sich als das arme Opfer der Familie zu fühlen, dass die schlimmste Arbeit übernehmen muss.

Carly erinnerte sich an den Ratschlag in ihrem schlauen Buch *Mache das Notwendige interessant!* Mal sehen, welche Ideen sich einstellen würden. Als sie das Buch öffnete und über die Zeilen strich, purzelten die Vorschläge nur so durch ihren Kopf.

Super, dachte sie. Vielleicht sollte ich das auch mal in meinem Job anwenden. Am Abend bat sie Wenzel, ihr einige Informationen aus dem Internet zu suchen. „Mich interessiert, was wir selbst für eine gesunde Umwelt tun können. Schau dich mal um, was du findest." Wenzel machte sich begeistert an die Arbeit und hatte nach einigen Tagen, enorm viel Material zusammengetragen, das er seiner Mutter präsentierte.

„Ich habe gar nicht gewusst, wie wichtig die Mülltrennung ist. Wenn das mehr Menschen machen würden, könnten viele Belastungen für die Umwelt vermieden werden. Es würden Rohstoffe und massenweise Energie gespart. Wir machen das richtig, ich habe alles genau geprüft, nur Dad wirft manchmal Verpackungen in den falschen Behälter."

„Dann sollten wir das heute Abend noch einmal für alle klären."
Voller Stolz präsentierte Wenzel nach dem Abendessen seine Erkenntnisse über die Bedeutung der Mülltrennung.

„Wir haben jetzt vier Behälter, einer ist für Plastikverpackungen und Dosen, einer für dickes Glas, einer für Papier und einer für den Restmüll. Da sollte nur wenig übrigbleiben.
Ich habe gelesen, dass im letzten Jahr soviel Tonnen Verpackungen wieder verwertet wurden, wie 10.000 Blauwale wiegen. Toll oder? Und was ganz wichtig ist, die Meere bleiben sauberer".

Carly lobte ihn überschwänglich. „Dann bist du jetzt unser Verantwortlicher für den Umweltschutz. Und wir alle wären aufmerksamer, wenn auf dem Behälter für Verpackung auch das Meer zu sehen wäre."
„Super Idee", ergänzte Tom. „Und durch das Papier-Recycling können mehr Bäume überleben. Also lasst uns dort ein schönes Waldfoto anbringen." „Und der Glasbehälter wird blau, denn damit werden Rohstoffe und Energie gespart und die Luft bleibt sauber."
Wenzel hatte schon ganz klare Vorstellungen, wie er dieses Projekt angehen könnte.
Olivia, die sich gelangweilt hatte, wurde ein wenig quengelig, weil

ihr Bruder so lange im Mittelpunkt stand. „Ich will auch Umweltschutz, was soll ich denn machen?"
Tom strich ihr die Locken aus dem Gesicht und lächelte.

„Aber du hast doch schon eine ganz wichtige Rolle. Du bist doch
unsere Blumenfee, du sorgst für den Umweltschutz in der Wohnung."
„Echt? Wie denn?" „Du musst wissen, dass Pflanzen ganz wichtig
für das Klima in den Räumen sind. Sie machen die Luft feuchter,
ziehen Staub an, manche entgiften sogar und sie kühlen in heißen
Sommermonaten auch die Raumtemperatur."
Carly schaute ihren Mann überrascht an, da kam wohl der Klima-
techniker durch und auch der liebevolle Vater, wie schön!

Olivias Gesicht dagegen wurde immer fragender. „Aber ich weiß
doch noch gar nicht, wie ich das machen soll?" Carly lächelte ihr
beruhigend zu. „Das machen wir am besten gleich gemeinsam, ich
habe auch eine tolle Überraschung für dich." Mit diesen Worten
zog sie eine pinkfarbene Blumenkanne aus ihrer Tasche, auf die sie
in mühevoller Kleinarbeit *Blumenfee* geklebt hatte.

„Komm mit, ich zeige dir, wie man die Blumen gießt und wie oft.
Du solltest die Blumen behandeln, wie deine Puppen, schön vorsichtig und liebevoll. Du kannst auch mit ihnen sprechen, sie loben

oder bewundern. Dann wachsen sie besser."

„Und antworten die auch?" Olivia klang schon wieder neugierig.

„Nicht mit Worten, aber mit schöneren Blüten oder kräftigeren Blättern."

Ab diesem Tag hatte Carly den Eindruck, dass ihre Kinder zur Hochform aufliefen und sich für ihre Aufgaben derartig begeisterten, dass sie schon ein schlechtes Gewissen bekam.

Es ist Zeit, mal wieder an der eigenen Vorbildfunktion zu arbeiten, dachte sie und begann ihren Kleiderschrank auszuräumen und neu zu ordnen. Für alle Sachen, die zu klein, zu alt oder unpassend waren, hatte sie schon einen großen Karton vorbereitet.

Als Tom ins Schlafzimmer kam und bei dem Anblick gerade die Flucht ergreifen wollte, rief sie ihn zurück. „Du kannst gerne mitmachen. Wir wollen uns doch nicht vor unseren Kindern blamieren. Mit weniger Klamotten lässt sich viel besser Ordnung halten. Du kannst gerne den Karton mit nutzen."

Tom ging bereitwillig darauf ein und begann seine Sachen zu ordnen. Carly betrachtete ihn von der Seite. Er sah immer noch so aus wie damals, als sie sich in ihn verliebt hatte, nur an den Schläfen blitzte es schon silbern. Aber die sanften grauen Augen, die ihr zuerst aufgefallen waren, leuchteten immer noch wie früher.

„Was hast du mit den Sachen vor?" Carly lächelte, wie immer mein praktisch denkender Tom. „Die Klamotten kommen zu Sina. Sie peppt sie auf und verkauft sie über Ebay. Sie kann doch mit dem behinderten Kind nicht arbeiten gehen und bessert so die Haushaltskasse auf." „Nimmt sie auch Hemden?" „Klar, warum nicht, aber hast du denn…? Ach so Geschenke."

Tom nickte etwas gequält und packte zwei leuchtendrote Hemden, die seiner Mutter sooo gut gefallen hatten, erleichtert in den Karton. „Sina holt das alles am nächsten Sonntagnachmittag ab. Ich würde gerne mit ihr Kaffee trinken und ein bisschen reden."

Tom lächelte. „Das passt gut. Ich wollte mit den Kindern in den Wald. Sie möchten die Bäume von dem Foto in echt sehen und vielleicht sammeln wir ein bisschen was Herbstliches zum Basteln."
Carly sah ihn strahlend an, während sie flüsterte. „Wow! Das gibt Extrapunkte!" Tom wurde deutlich interessierter. „Und wie werden die Punkte eingelöst?" Carly schnappte ihren Karton, warf ihm im Hinausgehen noch einen verführerischen Blick zu. „Lass dich überraschen!" Tom lächelte immer noch. Wenn seine Frau dieses Funkeln in den Augen hatte, dann konnte das ein tolles Wochenende werden. Höchst vielversprechend!
Am nächsten Tag passierte dann das, was Carly insgeheim befürchtete hatte, ihre Konsequenz wurde geprüft.

Olivia war wieder etwas unwillig gewesen, als ihre Mutter schon im Flur das Aufräumlied anstimmte. Sie hatte zwar die Spielsachen schnell weg geräumt, sich dann aber ein wenig provokant in ihren Schaukelstuhl gesetzt. Ein gründlicher Blick durch das Zimmer genügte und Carly zog Felix, den Hasen unter dem Schaukelstuhl vor.

„Das tut mir wirklich leid, aber ich hatte euch gewarnt. Dieser Hase ist jetzt futsch!"

Wenzel, der um die Ecke sah, fing an zu singen. „Futsch, futsch, futschikato!" Das brachte Olivia auf die Palme. „Ihr seid ja so gemein, alle beide! Der arme Hase hatte sich nur versteckt. Bitte Mami, er kann doch nichts dafür, ich bin doch schuld."

Carly schickte Wenzel in sein Zimmer und redete ganz ernsthaft mit ihrer Tochter.

„Schau Ollie, du hast die Regel gekannt. Ich habe gesagt, alles was ich am Boden finde, ist futsch. Stimmt das?" Olivia nickte noch nicht ganz überzeugt. „Ja, das stimmt, aber ich dachte, du machst es nicht wirklich." „Wenn man Regeln aufstellt, müssen sie auch eingehalten werden, sonst hält sich keiner mehr daran. Stimmt das?" „Du hast ja recht", flüsterte Olivia. „Aber Felix tut mir so leid."

Carly nahm sie in den Arm, die Einsicht war ja vorhanden, also könnte sie ihr noch eine Chance geben. „Ich weiß, was wir machen. Wenn es in deinem Zimmer bis zum nächsten Sonntag keine Probleme mehr gibt, können wir beide über die Freilassung von Felix verhandeln. Jetzt bleibt er erstmal inhaftiert."

Wie schnell sich diese Erkenntnis bei Olivia gefestigt hatte, stellte Carly schon am nächsten Morgen fest.

Tom hatte gerade den Tisch gedeckt und sie kämmte sich im Flur die Haare, als Olivia aus dem Bad in die Küche stürmte.

Sie wedelte ziemlich aufgebracht mit einem feuchten Handtuch.

„Papi, du hast das Handtuch auf dem Boden liegenlassen. Das ist jetzt auch verloren, das ist futschikato. Mami wird es jetzt verhaften."

Carly, die aus dem Flur Toms entgeistertes Gesicht sah, nahm sich zusammen, um nicht laut zu lachen. „Das hast du sehr gut beobachtet, Ollie. Gib her, es muss inhaftiert werden. Aber dein Papi wird sich vielleicht auch bessern. Was meinst du?"

Tom versicherte eilig, sein Handtuch künftig brav über den Handtuchhalter zu legen und Olivia war zufrieden.

Carly auch, denn das feuchte Handtuch auf dem Boden hatte sie schon so lange gestört, dass sie einfach nichts mehr sagen mochte.

Aber wenn es auch so klappte, umso besser!

Das folgende Wochenende lief schon nach dem neuen Rhythmus deutlich entspannter ab. Als Sina am Sonntagnachmittag kam, war die Wohnung nicht so sauber, dass man vom Boden hätte essen können. Aber wer wollte das schon, dachte Carly. Im Vergleich zu vorher, war es aber Klassen besser. Nur im Flur hatte sie ein wenig nachgeholfen. Der würde das nächste Projekt werden. Als sie gemütlich im Wohnzimmer saßen, schaute sich Sina interessiert um.

„Bei dir scheint sich eine Menge getan zu haben. Sind die anderen jetzt ordentlicher geworden oder hast du eine Haushaltshilfe? " Carly lachte. „Das erstere. Das war mir auch wichtiger. Du hast bestimmt die große Tafel im Flur gesehen?" Sina nickte bestätigend. „Wir wollten, dass die Aufgaben, die jeder zu erfüllen hat, sichtbar werden. Das macht sich gut, ich bin sehr zufrieden."

Sina deutete auf die früher leere Ecke zwischen zwei Schränken. „Neues Regal? Das sieht aus, wie eine Maßanfertigung." Carly strahlte. „Das hat Tom gebaut. Ich hatte die Idee und er hat es letzte Woche gleich gemacht." „Echt jetzt?" Sina staunte wirklich.
„Meine Mutter hat früher immer zu mir und meiner Schwester gesagt: *Mädels, wenn ein Mann sagt, er macht das. Dann macht er das auch. Ihr müsst nicht alle 4 Wochen nachfragen, ob er schon fertig ist!* Und genauso war mein Vater. Er hat immer große Reden geführt, aber fertig wurde nichts. Leider ist meiner ja auch so. Wie hast du das mit Tom so schnell hingekriegt?"
Carly lachte. „Eine Frau muss ihre Geheimnisse haben."

„Ach komm, du bist meine beste Freundin. Also was hast du gemacht?"

Carly grinste immer noch, holte dann aber das Buch aus ihrem Versteck. „Ich habe einen guten Ratgeber, einen für alle Lebenslagen. Und bisher habe ich damit Sachen geschafft, von denen ich nicht zu träumen wagte."

Sina hatte derweil das Buch aufgeschlagen und las den ersten Rat. *Verhalte dich nie so, wie es erwartet wird!* „Das ist doch nicht dein Ernst, mit so etwas Allgemeinem erreichst du doch keine Veränderungen."

„Nein, so einfach ist es nicht. Du musst an das Problem denken, das dich beschäftigt und dann über die Zeilen streichen. Zumindest geht es bei mir so."

Gespannt beobachtete Carly, wie Sina mit hochkonzentriertem Gesichtsausdruck über die Zeilen strich, dann überrascht die Augen aufriss, während ihre Wangen rosa anliefen. „Oh, wow, das ist ja toll! Darauf wäre ich nicht so schnell gekommen."

Carly, die Kaffee nachgegossen hatte, beugte sich interessiert vor. „Ging es um deinen Sohn?" „Eigentlich nicht." Sina war immer noch überrascht und bekam das Lächeln gar nicht mehr aus ihrem Gesicht. „Es hatte eher was mit den schwarzen Dessous zu tun, die ich schon seit einer Ewigkeit in meinem Wäscheschrank vergraben habe. Das Buch ist echt der Hammer! Wo hast du das her?"

„Du wirst es nicht glauben, das habe ich bei einem Büchertrödel gefunden, gerade als ich es am meisten gebraucht habe. Und jetzt gebe ich es natürlich nie wieder her." Sina war immer noch begeistert. „Aber ich darf doch auch mal reinschauen? Wenn das funktioniert, was mir vorhin durch den Kopf ging, dann frage ich bestimmt noch öfter nach." „Das kannst du gerne tun, ich hoffe nur, dass die Wirkung noch lange anhält."

Aber auch mit den superklugen Ideen des Buches dauern manche Sachen eben etwas länger, dachte Carly, als sie am Abend beobachtet wie Tom auf den vollen Restmüllbeutel wies. Wenzel sah ihn mit dem Blick eines leidenden Hundes an, aber Tom klopfte ihm auf die Schultern und hielt ihm den Restmüllbeutel hin.
„Na komm, mein Sohn. Ein Mann muss tun, was ein Mann tun muss." Carly griente ihnen hinterher und murmelte. „Und eine kluge Frau sagt ihnen, was das ist."

In letzter Minute

„Das ist doch wirklich die Höhe, diese Arroganz! Manche Menschen überschätzen sich wirklich gewaltig!"

Fritzi und Leslie, die Moderatoren der Tiersendung im Lokalsender, standen vor dem Schreibtisch ihres Chefs, der sie zu sich gerufen hatte und schauten bei dieser Schimpfkanonade betreten nach unten.

Der bemerkte das erst, als er hoch sah. „Aber ihr doch nicht, Kinder. Ihr seid super gewesen! Ihr habt einen Skandal aufgedeckt und habt ihn so bekannt gemacht, dass jetzt wahrscheinlich jeder in der Stadt davon weiß. Fritzi, vor allem deine Parodie der zwei Hunde war Spitze, die Leute haben schallend gelacht.

Aber dieser Tierquäler besitzt die Frechheit, sich bei mir zu beschweren. Dem werden wir schon zeigen, wo der Frosch seine Locken hat. Die Anwälte werden ihn in der Luft zerreißen und ihr seid jetzt schön vorsichtig, falls der Kerl durchdreht. Aber sonst macht weiter so. Ich bin sehr zufrieden mit euch"

Erleichtert schlüpften Fritzi und Leslie aus der Tür.

„Oh mein Herz klopft immer noch", stöhnte sie. „Ich dachte echt, es gäbe große Probleme wegen des Tierquälers. Erwachsene unter sich, haben ja manchmal andere Ansichten, was Kinder dürfen und was nicht. Aber jetzt ist ja alles wieder gut. Was machst du heute noch?" „Ich habe Tanztraining, Hip-hop. Und du? Machst du heute wieder dein Geocaching?"

„Nein, heute will ich mich nur vorbereiten. Morgen ist erst der große Tag. Irgendein verrückter Millionär aus Kanada will mehrere Briefumschläge mit 1.000 Euro als Cache auslegen und davon möchte ich unbedingt einen erwischen. Also bis nächste Woche."

Winkend machte sich Fritzi auf den Weg, nicht ahnend, dass an der Flurbiegung ein dunkler Schatten zu sehen war, der ihr Gespräch belauscht hatte.

Auf dem Nachhauseweg in der Sommersonne, machte es ihr immer noch Freude, sich in den Schaufensterscheiben zu spiegeln und ihre schlanke sportliche Figur zu betrachten. Noch vor sieben Monaten war sie die dicke Friederike gewesen, war unglücklich und hatte sich gefühlt, wie ein gestrandeter Wal. Dazu noch total unsportlich und unbeliebt bei anderen Kindern.

Dass sie all das heute nicht mehr war, erschien der 11-jährigen Fritzi immer noch wie ein wahrgewordenes Märchen.

Angefangen hatte es mit einer psychotherapeutischen Behandlung, die ausgerechnet bei Lissys Oma stattgefunden hatte. Die schlanke, schicke Lissy, war von Fritzi früher höchstens aus der Ferne bewundert worden. Sie hätte nie geglaubt, von ihr überhaupt wahrgenommen zu werden. Aber Lissy hatte ihr geholfen und dazu ihre Freunde vom Club der kleinen Millionäre eingespannt.

Sporty, der beste Sportler der Schule, hatte sie trainiert, Betty verriet ihr Gymnastik-Tricks, Tanja war zuständig für die Ernährungsumstellung und Lissy für die Mode-Polizei. Ben und Noddy hatten mit ihr gemeinsam trainiert und geschwitzt.

All das und Perla, der ganz besondere Wunderhund, hatten aus der dicken Friederike die schlanke, sportliche Fritzi gemacht.

Seit ihre Mutter aus ihrem Leben verschwunden war und sie mit ihrem Vater in einer Wohnung lebte, hatte sie auch, wie die anderen im Club, angefangen zu sparen. Über das von ihrem Vater eingerichtete Junior-Konto zahlte sie monatlich 25 Euro in den Fonds ein, den die anderen auch nutzten. Das war natürlich nur möglich, weil sie einen kleinen Job beim lokalen Radiosender bekommen hatte.

Ihre Fähigkeit, Geräusche und Tiere gut imitieren zu können, hatte nicht nur einen Überfall im Laden von Tanjas Eltern verhindert, sondern ihr auch einen Job als Moderatorin in einer Tiersendung für Kinder eingebracht.

Das machte natürlich viel Spaß, aber es würde noch ewig dauern, bis sie auf dem gleichen Stand wäre, wie die anderen vom Club der kleinen Millionäre. Die hatten immerhin sechs Monate früher begonnen und noch die fette Prämie für das Ergreifen einer jugendlichen Einbrecherbande kassiert.

In ihrem neuen Hobby, dem Geocaching, sah Fritzi eine Möglichkeit, den Rückstand schneller auszugleichen. Natürlich ging es dabei selten um Geld, sondern eher um die Findigkeit, mit wenigen Hinweisen aus dem Internet, das Versteck zu finden. Aber morgen, mit diesen besonderen Geldbriefen, wäre das wirklich die große Chance und sie war fest entschlossen, die auch zu nutzen.

Als sie das Haus erreichte, in dem Lissy wohnte, kam ihr Perla schon entgegengerannt und musste natürlich ausgiebig geherzt und gestreichelt werden. Perla war wie ein Wunder in ihr Leben gekommen und hatte sie mehr als einmal gerettet.

Genau genommen war sie ihre beste Freundin, falls eine Hündin das sein konnte. Lissy lachte über die stürmische Begrüßung. „Sie hat genau gewusst, dass du kommst, wahrscheinlich habt ihr so eine ganz besondere Verbindung, ich habe darüber gelesen. Deshalb musste ich mit ihr schon nach unten gehen, so aufgeregt war sie. Gab´s was Neues zu dem Tierquäler?"

Fritzi nickte empört. „Stell dir vor, er hat sich bei unserem Chef beschwert. Aber der hat ihm die Meinung gesagt.

Man kann doch nicht wegsehen, wenn jemand Hunde prügelt und die Welpen vernachlässigt. Das muss man anprangern.

Der hat sich nur geärgert, weil er jetzt keine Hunde mehr züchten und verkaufen kann, die Behörde hat es untersagt. Unser Chef war etwas in Sorge, hoffentlich kommt er nicht auf die Idee, sich rächen zu wollen."

„Machst du dir Sorgen um Perla? Du kannst sie gerne bei mir la-sen."

Lissy mochte die kleine Hündin auch sehr gerne, die verspielt und schlau zugleich sein konnte und fast sämtliche Rassen in sich ver-einigte. Perla hob ihren klugen Kopf und rieb ihn an Fritzis Bein, als würde sie spüren, welche Sorgen sie sich machte. „Ich denke das ist nicht nötig, morgen hat sie doch ihre Operation, wegen des Mals am Bauch. Und in der Praxis bei Dr. Holm ist sie sicher."

Noch auf dem Nachhauseweg sah sich Fritzi immer wieder prüfend um, ob irgendwo etwas ungewöhnlich wäre. Sie achtete auch dar-auf, dass Perla nicht an unbekannten Dingen schnupperte, was gar nicht so einfach war, denn Perla war genauso neugierig, wie sie selbst.

Am Abend als sie ihre gewohnte Runde auf der Hindernisstrecke lief, war die Gefahr schon fast vergessen. Fritzi lief gerne diese Strecke, denn hier hatte sie zum ersten Mal erfahren, dass auch sie sportlich sein konnte. Dass sie sogar den Jungs vom Club davon-laufen konnte und nur noch Sporty schneller war. Von dem schwärmte sie eigentlich noch immer, aber nicht mehr aus der Fer-ne, denn jetzt war er schon ein richtig guter Freund.

Am nächsten Morgen nieselte es leicht und sie ging, zum ersten Mal seit langem, ohne Perla aus dem Haus. Die OP in der Tierarzt-praxis war erst am späten Vormittag und deshalb würde ihr Vater den Transport von Perla übernehmen.

Nach dem Unterricht würde sie natürlich ihren Wunderhund wieder in Empfang nehmen und gesundpflegen. Es war richtig komisch, ohne die gewohnte Begleitung, aber als sie Tanja unterwegs traf, waren sie relativ schnell beim Programm des Tages und der ersten Stunde in Englisch.

Für Fritzi, deren Vater Engländer war und die ihre Ferien regelmäßig bei ihrer Grandma Kate in Canterbury verbrachte, war das natürlich ein Heimspiel. Aber Tanja hatte, wie die anderen auch, damit einige Probleme. Lissy und Sporty war es schon gelungen, ihre Leistungen deutlich zu verbessern, seit sie Fritzis Nachhilfe nutzten und Tanja würde das auch noch schaffen.

Außerdem gab es noch etwas, auf das sie sich freuen konnte, in zwei Tagen gab es Ferien. Sechs endlos lange Ferienwochen, was für tolle Aussichten!

An diesem Tag verließ Fritzi die Schule eine Stunde früher, weil der Mathelehrer plötzlich krank geworden war. Natürlich war sie darüber nicht besonders traurig, denn jetzt hatte sie noch eine Stunde, sich den Caches zu widmen, die die Karte ganz in ihrer Nähe anzeigte. Natürlich wusste sie nicht, bei welchem Cache, das Geld liegen könnte, immerhin wurden in ihrem direkten Umfeld 24 Caches angezeigt. Sie musste also so viele, wie möglich finden und prüfen.

Da Fritzi das schon öfter gemacht hatte, war sie vorbereitet und hatte in ihrer Büchertasche einige Kleinigkeiten, die sie zum Tausch in den Cache legen konnte, um anderen wieder eine Freude zu bereiten. Im Gegenzug würde sie dem Cache natürlich auch wieder etwas entnehmen, im Idealfall die 1.000 Euro.

Den ersten Cache hatte sie relativ schnell. Gleich in der Nähe der Schule in einem alten Vogelhäuschen lag ein Kästchen. Fritzi trug sich in das Logbuch ein, fotografierte alles, nahm sich einen Gummi für ihren Pferdeschwanz und legte einen kleinen roten Kugelschreiber in den Kasten. Dann teilte sie ihren Erfolg und prüfte den nächsten Hinweis.

Wieder ziemlich leicht. Zwei Straßen weiter, das musste es sein. Dort lagen große Rohre für Kanalarbeiten, die aber noch nicht begonnen hatten. Daneben stand ein ziemlich großes Auto, aber kein Fahrer zu sehen. Fritzi kroch in das erste Rohr, nichts, das zweite Rohr, wieder nichts. Im dritten Rohr wurden nicht nur ihre Jeans ziemlich schmutzig, sie wurde auch fündig.

Als sie das Kästchen öffnete, fiel ihr ein Zettel entgegen. Darauf stand *Wer heut' die große Tausend sucht, dem hilft die Karte nicht, rot ist das Ziel, blau ist verflucht. Heiß ist, wenn ein Zaun in Sicht.*
Obwohl Fritzi mächtig aufgeregt war, immerhin schien sie ihrem Ziel doch ziemlich nahe, trug sie sich im Logbuch ein und packte einen Sticker dazu.

Den Zettel steckte sie ein, schließlich durfte sie ja eine Sache entnehmen. Aber sollte sie so unfair sein? Vermutlich war sie sowieso die erste, sollten doch die anderen auch eine Chance haben. Also legt sie den Zettel zurück, aber ganz nach unten.

Kaum war sie aus dem Rohr heraus, sah sie sich aufmerksam um. War hier etwas Blaues? Ja ein Schild, also dahin nicht. Auf der anderen Seite war ein Bauzaun mit roten Streifen. Bingo! Da war sie richtig.

Allerdings war da ein Schild: *Wegen Abrissarbeiten gesperrt!* Außerdem war das Tor mit einer schweren Kette befestigt. Fritzi folgte dem Zaun und suchte eine Lücke. Ich will ja nur mal nachsehen und bin dann gleich wieder draußen, ehe jemand etwas merkt, versuchte sie sich zu beruhigen,

Und da! Eine Latte war zerbrochen und Fritzi war doppelt froh jetzt schlank zu sein. Früher hätte sie das keinesfalls geschafft. Aufmerksam prüfte sie den Boden und bemerkte gleich die roten Glassteinchen, die dünn ausgestreut eine richtige Spur bildeten. *Rot ist das Ziel,* so stand es auf dem Zettel.

Sie musste ganz nahe sein. Die Nase fast am Boden, folgte Fritzi der Spur der roten Steine und übersah die wacklige Bodenplatte. Ohne Vorwarnung stürzte sie ziemlich tief in ein Loch oder einen Schacht. „Au, mein Bein!"

Als Fritzi nicht mehr ganz so benommen war, spürte sie den

Schmerz erst richtig. Sie musste sich den rechten Knöchel gebrochen oder verstaucht haben und das tat verdammt weh.

„So ein Mist", schimpfte sie und gleich liefen die ersten Tränen. Sie wischte sie energisch weg. Das half ihr jetzt auch nicht weiter. Gut, dass sie wenigstens keine Brille mehr trug, so konnte sie sich umsehen, obwohl sie ziemlich eingeengt lag.

Offensichtlich war das ein Schacht, alle Wände waren glatt und mindestens zwei Meter hoch, da kam sie alleine nicht mehr heraus. Außerdem hätte sie mit dem Knöchel, der schon anschwoll, nicht klettern können. Also brauchte sie Hilfe.

Wo war ihr Handy? Fritzi tastete den Boden ab und prüfte alles, was sie in die Finger bekam. Einen rostigen Nagel warf sie gleich wieder weg, von dem nächsten, das sie angeekelt wieder fallen ließ, wollte sie gar nichts Näheres wissen. Aber eine kleine runde Scheibe aus Metall wurde als brauchbar eingestuft und in die Jackentasche gesteckt.

Endlich hatte sie das Handy getastet und konnte Hilfe rufen. Enttäuscht stöhnte sie auf, als sie den Balken sah.

Ausgerechnet jetzt saß sie in einem Funkloch! Wie sollte sie denn jetzt noch gefunden werden? Sie hatte doch keinem Bescheid gesagt, weil sie unbedingt das Geld finden wollte.

Beschämt erinnerte sich Fritzi an die Regeln, immer einen Partner zu informieren oder besser noch gemeinsam auf die Suche zu gehen. Vielleicht konnte sie sich ja bemerkbar machen und irgendein Bauarbeiter würde sie hören?

Laut begann sie zu rufen und mit einem Stein auf die Metallteile zu schlagen, die aus einer Wand herausragten. Nachdem sie zehn Minuten erfolglos gerufen hatte, gestand sie sich ein, dass sie damit auch nicht weiter kam.

Sie tastete nach ihrer Schultasche, zum Glück hat sie noch das halbe Lunchpaket und auch eine kleine Flasche Kokoswasser.

Sie trank erst mal und feuchtete dann ein Zellstofftaschentuch an, um es um den Knöchel zu legen. Das tat gut!

Aber leider nahm es nicht den Schmerz, der immer stärker pochte, während sie fieberhaft überlegte. Wenn niemand weiß, wo ich bin, kann mich auch niemand finden. Doch! Perla könnte es. Aber Perla war ja noch beim Tierarzt. Sie überlegte, eigentlich hätte sie Perla nach der Stunde abholen können, die ja ausgefallen war. Vielleicht war die OP doch schon vorbei. Im Internet hatte sie erst vor kurzem über Kommunikation mit Tieren gelesen und sich auch mit Lissy darüber unterhalten. Die war auch der Meinung dass sie diesen ganz besonderen Draht zu Perla hätte. Vielleicht konnte sie Perla eine Botschaft senden. Das müsste doch klappen!

Natürlich brachten Worte nichts, das war ihr auch klar. Sie versuchte sich zu erinnern, was sie im Internet gelesen hatte. Man könnte Emotionen übermitteln und vielleicht Bilder? Sie versuchte sich etwas vorzustellen und kniff angestrengt die Augen zusammen. Ja, Bilder könnten gehen. Aber selbst wenn Perla die Baustelle nach ihren Gedankenbildern finden würde, wie sollte sie ihr heraushelfen?

„Das geht auch nicht." Enttäuscht wollte Fritzi schon aufgeben, als ihr Lissy einfiel. Perla kannte Lissy gut, weil sie das Hündchen übernahm, wenn Fritzi im Lokalsender arbeitete.

Und wenn Perla Lissy alarmieren konnte, die würde dann schon weiter wissen. Also stellte sie sich intensiv Lissys Gesicht vor, die blonden Haare, die grünen Augen, die kleine Nase und ihr Lachen. Dazu formulierte sie stumm mehrfach: *Hilfe! Hol Lissy!* Irgendwie tröstete sie diese Vorstellung auch, denn Perla hatte sie schon mehr als einmal gerettet, jetzt würde alles gut gehen.

Während sie noch sehr konzentriert ihre Botschaft aussandte, hatte sie nichts anderes wahrgenommen, aber jetzt hörte sie ein Tropfen oder eher ein Rieseln. Als sie mit ihrem Handy die Wand ableuchtet, sah sie das Wasser, das neben den Metallteilen aus der Wand floss.

Im ersten Moment fand sie das gar nicht so schlecht, weil ihr Knöchel damit etwas gekühlt wurde, aber als sie sah, wie schnell das Wasser anschwoll, wurde ihr entsetzt klar: Wenn nicht bald etwas

geschah, würde sie ertrinken! Und das auch noch in dieser Brühe!
Der Geruch war so kaum zu ertragen. Hoffentlich war alles bei
Perla angekommen, hoffentlich!

Währenddessen tippte der Tierarzt Dr. Holm in seiner Praxis das
letzte Wort in seinen Arztbericht und schloss das Fenster an seinem
Computer. „Frau Lück, würden Sie bitte mal nach Perla sehen. Sie
müsste langsam aufwachen." Aber seine Assistentin stand schon
kopfschüttelnd in der Tür. „Das würde ich ja gerne, aber als ich die
Tür zum Untersuchungsraum geöffnet habe, ist sie mit einem Af-
fenzahn raus gerannt. Ich habe nur noch Kondensstreifen gesehen.
Entschuldigung, Herr Doktor. So wollte ich das eigentlich nicht
sagen, aber ich bin regelrecht geschockt."

„Rufen Sie zur Sicherheit bei Winters an, aber wie ich Perla kenne,
scheint es tatsächlich etwas Wichtiges zu sein."

Und Dr. Holm wandte sich wieder seiner Arbeit zu. Frau Lück
wollte gerade Fritzis Vater, Daniel Winter, anrufen, als die Praxis-
tür aufgerissen wurde und ein junger Mann mit einem blutüber-
strömten Schäferhund hereinstürzte. „Schnell, ich brauche Hilfe,
ein Unfall!" Frau Lück seufzte, das Telefonat würde warten müssen, ein Notfall ging vor.

Auch Lissy war in ihre Arbeit vertieft, sie nähte auf ihrer Nähma-
schine zum ersten Mal einen Ärmel in ein T-Shirt und das erwies
sich schwieriger als gedacht. Deswegen hörte sie das Hundegebell

erst, als es ziemlich laut wurde. Oh, das muss Fritzi sein, dachte sie, sicher braucht sie Tipps für die Pflege von Perla.

Obwohl Lissy keinen eigenen Hund hatte, wusste sie auf diesem Gebiet schon sehr viel. Sie führte seit Jahren die Hunde in der Nachbarschaft aus und hatte auch deren Krankheiten und Unfälle miterlebt.

Aber als sie aus dem Fenster sah und mitbekam, wie Perla sich aufführte, trotz des Verbandes um den Bauch, war ihr klar, dass etwas passiert sein musste. Fritzi hätte den Hund nicht alleine gehen lassen. Wenn Fritzi Hilfe braucht, müssen die anderen dabei sein. Über *Whats app* informierte sie gleich alle Mitglieder des Clubs der kleinen Millionäre, also ihre und Fritzis besten Freunde.

Fritzi ist was passiert – Wir treffen uns sofort bei der Schule.

Dann nahm sie das Hundekörbchen, in dem sie schon Frau Lehmanns Pudel Cressida transportiert hatte, mit nach unten. Perla sollte sich erst mal ausruhen. Denn die war bestimmt erschöpft und wie sollte sie in diesem Zustand später noch die Spur aufnehmen? Natürlich musste sie Perla erst einmal beruhigen, denn die Hündin schien die Gefahr zu spüren und tanzte trotz des Verbandes aufgeregt um sie herum.

Vorsorglich hatte Lissy auch noch etwas Wasser in einer verschließbaren Schale dabei, und Perla trank durstig die Schale leer. Danach ließ sie sich widerspruchslos in das gepolsterte Körbchen setzen und Lissy konnte endlich starten. An der Schule warteten schon aufgeregt ihre Freunde Sporty, Noddy und die Zwillinge Betty und Ben. Alle hatten ihre Fahrräder dabei und waren offensichtlich für eine Hilfsaktion ausgerüstet.

Betty hatte einen Erste-Hilfe-Kasten auf den Gepäckträger geschnallt und die Jungs einige Seile. „Wozu habt ihr die Seile?", fragte Lissy neugierig. „Das war nur logisch", antwortete Ben. „Sie muss irgendwo nach unten gestürzt sein und in einem Funkloch sitzen, sonst hätte sie sich gemeldet. Und selbst, wenn sie entführt worden wäre, sind die Seile immer nützlich, vielleicht müssen wir eine Mauer hochklettern?"

„Als ob du das könntest", lachte Betty und verdrehte die Augen. „Du würdest wie ein nasser Sack an einem Seil hängen, aber niemals klettern." „Aber nur, weil du dir damals in der Gebärmutter die ganzen Sport-Gene geschnappt hast. Mir hast du nichts übrig gelassen."

Sporty grinste zwar, rief die Zwillinge aber zur Ordnung. „Streiten könnt ihr später. Jetzt ist Fritzi wichtiger. Wer fehlt noch?" In dem Moment kam Tanja um die Ecke. Da sie eigentlich zur Yoga-Stunde wollte, trug sie ihre zusammengerollte Matte auf dem Rücken. Auch das könnte sich als nützlich erweisen.

Zunächst überlegten sie gemeinsam, wo Fritzi sein könnte, wer sie als letzter gesehen hatte. Von Tanja und Lissy hatte sie sich vor der Schule verabschiedet, um zu ihrem Geocaching zu gehen.

„Ich habe mir das angesehen", erklärte Ben, der sich damit auch etwas auskannte. „In der Nähe der Schule gab es 24 ausgewiesene Caches, die ist sie bestimmt abgegangen. Dafür brauchen wir Perla noch nicht."

Bens Idee schien die richtige zu sein. Schon beim ersten Cache fanden sie das Kästchen im Vogelhaus und Fritzis Eintrag. „Der nächste ist zwei Querstraßen weiter", orientierte Ben seine Freunde. Sporty stürzte als erster zu den großen Rohren und kroch am schnellsten durch. Geübt ist geübt, dachte er, denn solche Rohre befanden sich auch auf der Hindernisstrecke, auf der er damals mit Fritzi trainiert hatte.

„Ich hab's, ich hab's!" In Windeseile kroch er aus dem dritten Rohr und hielt triumphierend das Kästchen hoch. Ganz oben lag darin das Logbuch, Fritzi war also hier gewesen. Betty, die absolut kein Fan von solchen Spielen war, hatte mehr aus Neugier in dem Kästchen gekramt und hielt plötzlich einen Zettel in der Hand. „Oh, Mann, was für eine Sauklaue. Gehört das zum Spiel?"

Fragend sah sie ihren Zwillingsbruder an. Der schaute sich das verknitterte Blatt an und las für alle laut vor. *Wer heut' die große Tausend sucht, dem hilft die Karte nicht, rot ist das Ziel, blau ist verflucht. Heiß ist, wenn ein Zaun in Sicht!*

Die anderen schauten sich überrascht an, während Ben im Internet bei Geocaching.de nachsah. In die Diskussion, was man denn damit anfangen sollte, rief er laut. „Das dachte ich mir doch. Das ist ein Fake. Vielleicht soll es ein Scherz sein, aber ich denke, das ist eher bösartig. Es gab heute keine Umschläge mit 1.000 Euro. Die ganze Aktion wurde auf den nächsten Monat verschoben. Aber ich befürchte, Fritzi ist darauf reingefallen."

„Dann müssen wir auch so tun, als würden wir es glauben", übernahm Sporty die Führung. „Blau wäre diese Richtung, dahin also nicht und rot sehe ich nur an dem Bauzaun. Das wird sie doch nicht gemacht haben, das ist viel zu gefährlich."

„Ich fürchte doch", rief Lissy, die Perla schnell aus dem Korb genommen hatte, ehe die zu einem kühnen Sprung ansetzen konnte. „Sie spürt Fritzi, sie muss ganz in der Nähe sein."

Suchend gingen sie am Zaun entlang und tatsächlich, da gab es eine Lücke. Erst als sich alle durchgezwängt hatten, sahen sie die Spur aus roten Steinen. „Das hat jemand absichtlich gemacht. Das Gelände ist so unübersichtlich, mit all den Baumaschinen. Damit sollte sie bestimmt in eine Falle gelockt werden. So eine Gemeinheit!"Auch Noddy war empört.

Lissy hatte Perla an die Leine genommen und konnte sie kaum noch halten, da sie offensichtlich Fritzis Spur aufgenommen hatte und ihr, ohne Rücksicht auf die Schnelligkeit der anderen, folgte. Sporty ging neben Lissy, Noddy und Ben sicherten den Weg auf diesem unbekannten Gelände.

Plötzlich fing Perla an zu bellen. „Es kann nicht mehr weit sein, lasst uns möglichst laut rufen", rief Sporty nach hinten.

Mittlerweile hatte er die Leine übernommen, weil Perla kaum zu halten war. „Fritzi, Fritzi! Wo bist du?"

Aufgeregt lauschten sie, bis sie eine hohl klingende Stimme hörten. „Ich bin hier unten. Seid vorsichtig! Das Loch ist gleich neben dem schwarzen Deckel."

Betty hatte an eine Taschenlampe gedacht und durfte als erste in den Schacht schauen. Sicherheitshalber wurde sie vorher angeleint. „Fritzi bist du verletzt?" „Ja". Fritzis Stimme klang schon etwas jammervoll. „Am Knöchel, der ist verstaucht oder gebrochen, aber das ist nicht das Schlimmste. Das Wasser reicht mir schon bis zur Brust. Könnt ihr mich rausziehen?"

Vorsichtig ließen Ben und Sporty zwei der mitgebrachten Seile nach unten. An einem war ein Gurt befestigt.

„Fritzi bist du sicher, dass du nur den Fuß verletzt hast und nicht den Rücken?" Sporty beugte sich vor, konnte aber wenig sehen.

„Ehe wir jetzt was falsch machen, rufe ich lieber meine Mutter an, zum Glück ist sie heute da", erklärte er Ben.

Und sie nahm auch gleich ab. „Wenn jemand verletzt in einem Schacht liegt und ich ihn hochziehen will, wo muss der Gurt sein, dass er möglichst wenig Schaden anrichtet? Unter den Armen? Gut." Er wollte das Gespräch beenden, aber seine Mutter wollte erst genau wissen, wo die Baustelle war. „Wartet, ich komme!"

„Wir können nicht warten!" Noddy hatte die Taschenlampe an das
dritte Seil gebunden und hineingeleuchtet. „Sie muss dort raus, das
Wasser ist weiter gestiegen." „Aber wenn wir sie nicht hochziehen
können, weil sie zu schwer ist?" Ben zweifelte begründet und
wehrte sich gegen seine Schwester, die ihn am Oberarm boxte.
„Ich meine doch nicht ihr früheres Gewicht, sondern die Schwer-
kraft. Sie kann doch nicht selbst klettern, also wird das alles schwerer."

„Oder auch nicht", grinste Noddy, „siehst du die alte Kabelwinde
dort, die wird uns helfen. Ich habe sie ausprobiert, sie quietscht
zwar, aber es wird gehen. Ihr müsst nur dafür sorgen, dass Fritzi
die Seile gut befestigt." „Fritzi, wir holen dich jetzt raus. Du musst
aber vorher das zweite Seil an dem Gurt befestigen. Weißt du noch
was ein Palstek ist?"

„Natürlich weiß ich das, Sporty, ich bin nicht auf den Kopf gefallen." „Dann bin ich ja beruhigt. Jetzt schnallst du dir den Gurt um
die Brust, soweit unter die Arme, dass er nicht rutschen kann.
Wenn du soweit bist, gibst du Laut und dann geht´s los."

Nachdem Fritzi gerufen hatte, zogen Sporty und Ben zunächst vorsichtig, damit sie aufstehen konnte. Betty lag mit der Taschenlampe
am Rand des Schachtes und dirigierte die Rettungsaktion, während

Lissy Perla mit beiden Händen festhielt und Tanja zum Zaun lief,
um Sportys Mutter zu lotsen.

„Sie steht auf einem Bein, sie winkt, jetzt könnt ihr loslegen. Fritzi,
halt dich am Seil fest und versuch dich mit dem gesunden Fuß an
der Wand abzustützen, damit du dir nicht die Haut abschürfst. Puh,
das stinkt. Beeilt euch, Jungs!"
Jetzt begannen Sporty und Noddy die Kabelwinde zu drehen, während Ben noch das Seil sicherte. „Gut so", rief Betty. „Sie ist aus
dem Wasser raus, es kann nicht mehr lange dauern."

Schnell legte sie Tanjas Yogamatte an den Rand des Schachtes und
machte sich mit Ben bereit, Fritzi vorsichtig herüber zu ziehen, bis
sie den Boden erreicht hatte. Als Fritzi endlich auf der Yogamatte
lag, atmeten alle auf. Was für eine Aktion! Und sie hatte sogar ihre
Schultasche gerettet, auch wenn die ebenfalls etwas streng roch.
Zum Glück hatte Fritzi ihren Schuh im Wasser verloren, so konnte
Betty den Fuß gleich bandagieren, während sich nicht nur Perla auf
sie stürzte und alle zu reden begannen.

„Mensch, Fritzi", rief Sporty. „Schade, dass wir keine Fotos gemacht haben, du als schwebende Jungfrau. Das war mega!"
Aber Betty und Lissy scheuchten die Jungs, die ihre Heldentat auskosten wollten, erstmal zur Seite und packten Fritzi in Tanjas großes Handtuch, um eine Unterkühlung zu verhindern.

Ehe sie weiterreden und Fragen stellen konnten, brach offensichtlich am Zaun ein ziemlicher Tumult los. Sportys Mutter Britt rannte auf sie zu, gefolgt von seinem Onkel Mats und Fritzi´s Dad.
„Sie haben die Latten am Zaun zertreten", flüsterte Tanja. „Erwachsen passen doch nicht durch eine solche kleine Lücke. Aber jetzt können sie Fritzi besser rausbringen."

Daniel Winter ließ sich neben Fritzi auf die Knie fallen. „Kind, bist du in Ordnung?" Fritzi murmelte ein vorsichtiges „Ja", Dann schaute sie ihren Vater schüchtern an. „Schimpfst du jetzt?" „Das sollte ich wohl, das hatte schlimm ausgehen können, wenn du nicht so tolle Freunde hättest. Ich bin nur froh, dass du alles überstanden hast." Und während er Fritzi fest umarmte, wandte er sich den anderen zu. „Danke Kinder, ihr ward super! Das vergesse ich nicht."

Britt, die sich den Fuß angesehen hatte und Betty für ihre Umsicht und den Verband ausgiebig gelobt hatte, wandte sich jetzt an Daniel Winter.
„Ganz überstanden hat sie es noch nicht. Der Knöchel ist verstaucht, das schmerzt vermutlich mehr als eine Fraktur. Und sie muss aus den nassen Klamotten raus. Aber als erstes muss sie in ein Krankenhaus. Bei dieser Fallhöhe, kann sonst was passiert sein. Das sollte unbedingt geröntgt werden."

Und damit machte sich der ganze Tross auf zum Krankenhaus, die Erwachsenen mit Fritzi im Auto und die Kinder mit ihren Rädern. Nur Lissy fuhr mit der völlig erschöpften Perla nach Hause. Mit Perla zum Krankenhaus zu fahren, wäre vermutlich eine Katastrophe geworden, denn dass sie dort nicht neben Fritzi sitzen oder liegen durfte, hätte Lissy ihr nicht klarmachen können.

Als die Kinder endlich am Krankenhaus angelangt waren, gab Daniel Winter schon Entwarnung. „Es ist wirklich nichts gebrochen, aber sie soll zur Sicherheit heute noch hierbleiben. Ich fahre jetzt, um ein paar Sachen für sie zu holen. Ihr könnt ruhig reingehen.“

Im Zimmer thronte Fritzi inzwischen wieder vergnügt und frisch geduscht, auf ihrem Krankenbett. Ihre blaugrünen Augen funkelten schon wieder abenteuerlustig. „Mein Dad hat meine Sachen mitgenommen, die stinken fürchterlich. Vorher habe ich aber noch dieses kleine Ding aus der Tasche genommen. So wie es aussieht, war das wohl das einzige, was ich gefunden habe.“
Die Freunde schauten sich etwas verlegen an, bis Betty begann.
„Fritzi, das war kein reguläres Geocaching. Da hat dich jemand böse reingelegt. Ben hat das im Internet geprüft.“
„Wer sollte denn so etwas machen? Nein, ihr müsst euch irren!“
„Wir irren uns nicht“; setzte Ben fort. „Die Aktion mit den Geldbriefen ist auf den nächsten Monat verschoben worden. Das wurde

heute Mittag mitgeteilt. Da warst du vielleicht schon unterwegs."
Fritzi sah zweifelnd von einem zum anderen.

„Aber der Zettel, da stand doch…"

„So wie ich das sehe, gehört der Zettel gar nicht zu dem Spiel",
unterbrach sie Sporty. „Da wollte jemand, dass dir etwas passiert!
Wir haben es alle gesehen, da war eine richtige Spur gelegt, um
ganz sicher zu gehen."

„Ich kann das nicht glauben, wer sollte denn so böse sein." Tanja
wirkte richtig aufgebracht. „Fritzi ist doch echt nett und tut keinem
was. Oder war das der Tierquäler?"

„Aber wie hätte der das wissen können", flüsterte Fritzi jetzt schon
angstvoll. Ben, der sich an seine Erfahrungen erinnerte, als sie noch
die kleinen Detektive waren, überlegte.

„Fritzi, wer hat denn gewusst, dass du heute Geocaching machen
wolltest?" „Na ihr alle", zählte sie auf, „mein Vater, der Tierarzt
und Leslie. Und Leslie hätte es bestimmt nicht weiter erzählt."

„Und wann hast du Leslie davon erzählt?"

Fritzi musste nicht lange überlegen. „Gestern, ich bin doch immer
montags im Sender."

„Und hat sich nicht gestern auch der Tierquäler bei eurem Chef
beschwert?" Tanja hatte die ganze Geschichte sofort von Fritzi
gehört. „Es ist also nicht auszuschließen, dass er irgendwo euer
Gespräch gehört hat, was für ein fieser Kerl."

Ben überlegte noch in eine andere Richtung. „Dort, wo du den Zettel gefunden hast, war da noch jemand? Ich vermute, der hat auch noch beobachtet, ob seine Falle funktioniert."

Fritzi überlegte angestrengt mit geschlossenen Augen. „Rechts stand ein ziemlich großes Auto, aber kein Fahrer darin."

„Was war es denn für eine Marke?" Betty wurde jetzt auch vom Detektivfieber gepackt. Aber Fritzi lächelte nur. „Von Autos habe ich echt keine Ahnung, aber es hatte so einen Angeber-Aufkleber *Tiger im Tank* oder so ähnlich und die letzten zwei Zahlen des Kennzeichens waren 1 und 8. Das habe ich mir gemerkt, weil ich da Geburtstag habe."

„Super, das können wir überprüfen." Ben hatte sich fleißig Notizen gemacht.

„Müsste Fritzi jetzt nicht Personenschutz haben, falls der noch etwas plant?" Sporty hätte gerne die Wache übernommen, wenn er dafür morgen schulfrei bekommen hätte. „Ich denke, das ist nicht nötig", schätzte Ben ein, „aber wir sollten deinen Vater informieren. Dem wird schon was einfallen."

„Wir lassen dich jetzt alleine, damit du dich ausruhen kannst." So fürsorglich war Betty sonst nicht und grinsend setzte sie fort. „Und gib Ben das kleine runde Ding mit. Er ist wild darauf, es solange zu analysieren, bis es wirklich ein Schatz ist." Jetzt konnte Fritzi wieder lachen. „Dann mach das. Ich werde morgen früh entlassen, wir treffen uns nachmittags bei mir."

Am nächsten Morgen war endgültig klar, dass Fritzi ihr Abenteuer gut überstanden hatte, die Röntgenaufnahmen waren alle in Ordnung gewesen, der Knöchel war bandagiert und tat nur noch ein bisschen weh. Na ja, manchmal musste sie schon noch die Zähne zusammenbeißen, aber sie wollte nach Hause, zu Perla, zu ihren Freunden und zu ihrem Vater. Körperlich ging es ihr wieder gut, aber ein wenig gruselte sie sich davor, was der Tierquäler wohl als nächstes machen würde.

Noch am Abend hatte sie Leslie mit dem neuen Handy angerufen und ihn gewarnt. Auch Leslie konnte zunächst nicht an soviel Bösartigkeit glauben, erinnerte sich aber daran, bei ihrem Gespräch auf dem Flur einen Mann gesehen zu haben.

Fritzis Vater hatte sich ein paar Tage frei genommen und bevor er zu ihr ins Krankenhaus kam, Perla abgeholt. Die konnte natürlich nicht im Auto warten, sondern tanzte schon vor dem Eingang herum. Als Fritzi sie umarmte und ausgiebig mit ihr schmuste, fiel ihr auf, dass die OP-Narbe fehlte. „Frau Lück hat mir das gestern schon am Telefon erklärt. Sie hatten die Narkose schon gesetzt, als Dr. Holm sich dann doch für das schonende Lasern entschieden hat."

„Hat dich Frau Lück angerufen, weil ich nicht kam?" „Nein", lachte ihr Vater.

„Sie hat mich angerufen, weil Perla noch halb benommen aus der

Praxis gestürmt ist und sie sich darüber gewundert haben."

Fritzi grinste höchstzufrieden. „Das war Telepathie. Ich habe ihr gefunkt oder wie das heißt, sie soll Lissy holen und das hat geklappt. Sie ist eben doch ein Wunderhund!"

Daniel Winter betrachtet seine Tochter etwas zweifelnd, Telepathie hin oder her. Zum Glück wurde Fritzi gerettet und für den wahrscheinlichen Verursacher schwebte ihm auch schon eine gerechte Strafe vor. Sein Anwalt hatte nur den Kopf geschüttelt, rein rechtlich, sei da gar nichts zu machen. Also musste es eben anders gehen.

Zuhause durfte sich Fritzi schon wieder etwas bewegen, musste aber den Fuß noch häufig hochlegen, um eine neue Schwellung zu vermeiden. Um ihren Freunden eine Freude zu machen, hatte sie sich mit Tanja verabredet, die etwas früher kam und gemeinsam mit ihr, die neue Eismaschine vorbereitete.

Als sich endlich alle am Nachmittag in Fritzis Zimmer versammelt hatten, war unschwer zu erkennen, dass Ben etwas sehr Wichtiges zu sagen hatte. „Frag ihn bloß schnell, sonst platzt er gleich vor Bedeutung und Rechthaberei", flüsterte Betty grinsend.

Ben legte zunächst wortlos „das kleine Ding" auf Fritzis Handfläche. Aber was war das für ein Unterschied zu gestern!

Jetzt konnten alle erkennen, dass es sich um eine Münze handelte, die entweder ganz aus Gold oder mit Gold überzogen war. Fritzi war total erstaunt. „Was hast du damit gemacht?"

Jetzt grinste Ben. „Nur in warmes Wasser mit etwas Spülmittel gelegt. Und Simsalabim, haben wir eine sogenannte Tetradrachme."

„Drachmen sind das nicht griechische Münzen, meine Oma war früher mal da." Tanja hatte sich vorgebeugt, um die Münze genauer zu betrachten. „Aber so sahen die nicht aus."

„Das glaube ich dir sofort." Ben hatte großen Spaß daran, seine Entdeckung scheibchenweise zu verkaufen.

„Diese Drachme stammt vermutlich aus einer Zeit, so etwa 300 Jahre vor der jetzigen Zeitrechnung." Nun wurden auch die Blicke der anderen deutlich interessierter.

„Aber wie kann denn so eine Münze in unsere Stadt kommen, die ist doch erst viel später gegründet worden." Sporty schaute sich stolz um, diese Frage war doch sehr begründet, wie er fand. Aber Ben grinste nur.

„Auch das kann ich dir sagen, ich war gestern sehr lange im Internet. Diese Münze ist 1935 aus einer privaten Sammlung gestohlen worden, genauer gesagt, es wurde eine ganze Kollektion geklaut. Ein paar Jahre später sind die übrigen Münzen entdeckt und wieder zurück gebracht worden, bis auf diese Münze, die bis heute fehlte."

„Und was machen wir jetzt damit? Das ist doch Diebesgut oder wie

Laufen konnte sie dort natürlich nicht, aber wie immer führte Perla, die Gruppe an, auch wenn sie ein wenig sehnsüchtig zu Fritzi zurück blickte.

Als nach einer halben Stunde alle wieder da waren, sprang sie Fritz sofort auf den Schoß, wie um sich zu überzeugen, dass ihre Welt wieder in Ordnung war.

Sporty, der sich zu Fritzi auf die Bank gesetzt hatte, lachte über den Überschwang des Hündchens, wurde aber dann wieder ernst.

„Irgendetwas ist im Busch. Dein Dad war gestern lange bei meinem Onkel Mats. Hast du eine Ahnung, worum es da gehen könnte?" Fritzi schüttelte den Kopf. „Vielleicht haben sie nochmal über die London-Reise gesprochen."

Sporty schaute sie an, als ob sie etwas begriffsstutzig wäre. „Sowas hat er mit meiner Mutter besprochen, aber doch nicht mit meinem Onkel! Da ist etwas im Gange und das kriege ich auch noch raus."

Schon am nächsten Vormittag rief er Fritzi an. „Ich hatte recht, hier geht was ab. Komm schnell zum Baumhaus, dann kriegst du es noch mit." Neugierig machte sich Fritzi mit Rad und Perla auf den Weg. Dort war es nicht ganz so einfach, mit der Bandage auf der Strickleiter zu klettern, aber sie schaffte es. Zum Glück hatte sie an ein Umschlagtuch gedacht und so kam auch Perla sicher oben an.

Sporty zeigte aus dem Fenster in Richtung des Geländes, auf dem die Firma seines Onkels lag, in der Wohnungen geräumt und Autos verschrottet wurden.

„Vorhin waren alle noch auf dem Hof. Dein Vater, mein Onkel
Mats und vier von seinen Leuten, groß und stark, richtige Kleiderschränke. Und alle in schwarzen Anzügen und mit Sonnenbrillen!
Es sah hier aus, wie in einem Mafiafilm. Schau, ich habe es fotografiert.“

Fritzi sah staunend auf die Fotos und verstand genauso viel wie
Sporty, nämlich gar nichts! „Es ist doch kein Fasching und keine
Premiere von *Man in Black,* aber genauso sieht es aus. Wahrschein-
lich werden wir das erst morgen wissen.“

„Wieso denn? Die kommen garantiert zurück, weil meine Matka
dort drüben Buletten brät.“ „Wer brät?“ „Na, meine Mutter“, grinste Sporty, „Matka ist russisch. Das habe ich von Oleg aus meiner
Trainingsgruppe. Cool oder?
Ich glaube Perla hat was gerochen.“
Schnell lief er zum Geheimfach im Baumhaus und zog eine Platte
mit Buletten hervor. „Ich hab schon mal gekostet, du kannst auch
eine haben und Perla auch, wenn sie darf.“
„Wieso brät deine Mutter dort drüben Buletten? Ihr wohnt doch
nicht hier.“ „Stimmt, das habe ich dir noch nicht erzählt. Dein Dad
hat das Hackfleisch gebracht und ein Fass Bier.“ Nichts hätte Fritzi
mehr erstaunen können, ihr Dad hatte das Ganze veranlasst, aber
wozu?

Noch während sie ihre Buletten kauten, brach auf dem Hof ein Riesengetöse aus. Zwei große schwarze Autos fuhren vor. „Mercedes", murmelte Sporty nur, während sechs Männer in schwarzen Anzügen herausstiegen, die sich vor Lachen bogen.

Ihr Vater, Sportys Onkel und vier große Kerle. „Vielleicht hören wir jetzt worum es ging", flüsterte Sporty.

Jemand hatte schon bequeme Korbstühle im Halbkreis aufgestellt und die Männer nahmen Platz. In der Mitte stand das Bierfass auf einem Tisch und Sportys Onkel füllte gerade ziemlich große Gläser, mit denen sofort angestoßen wurde. „Daniel, du bist eine Wucht!" Onkel Mats stieß mit ihm an. „Wie du gesagt hast: *Sie stören unsere Geschäfte in dieser Stadt.* Ich wette der Kerl hat sich in die Hosen gemacht."

Eine Lachsalve löste die andere ab. „So müsste man mit allen Tierquälern umgehen, dann wäre die Welt besser." „Und solchen, die Kindern Angst machen wollen", ergänze Sportys Mutter.

„Das war ein Spaß der Superklasse, wir sollten sowas öfter machen", rief einer der Kleiderschränke. „Wie klein der Kerl wurde, als er auf echte Männer getroffen ist. Schon das war den Spaß wert. Prost Daniel, du bist in Ordnung!"

Im Baumhaus sahen sich Sporty und Fritzi überrascht an. „Das war toll von deinem Dad, den Tierquäler so ran zu nehmen. Er ist wirklich schwer in Ordnung. Aber sieh dir das an!"

Gerade spielten die Männer einige Szenen nach und bogen sich jedesmal vor Lachen, wenn Onkel Mats zeigte, wie der überhebliche Tierquäler zu einem verängstigten Feigling wurde.

Fritzi grinste Sporty an und der grinste zurück. Dann schüttelte er weise seinen Kopf. „ Also wirklich, Erwachsene, die sich wie Zehnjährige benehmen." „Stimmt", ergänzte Fritzi. „Und jünger. Wie peinlich!"

Endlich wieder Ruhe

„Ist das schön!" Lotta Christensen öffnete die Tür zum Garten und trat hinaus. Wie an jedem Morgen bewunderte sie das Kleinod, das sie gemeinsam mit ihrer Schwester Bella geschaffen hatte.

Die Blätter an den alten Bäumen bewegten sich leise im Morgenwind. Sie blickte zum Himmel, an dem nur einige weiße Wattebäuschchen zu erkennen waren. Heute würde wieder ein schöner Sommertag werden, aber noch lag die morgendliche Kühle über dem alten Garten.

An den Steinplatten entlang, die schon mehrere Generationen überlebt hatten, lief sie durch die bewusst geschaffene Wildnis. Die ersten Vögel begannen zu zwitschern. Ein Eichhörnchen huschte über den Weg. Ihr morgendlicher Rundgang führte vorbei an der Marmorstatue einer kleinen Seejungfrau, aus deren Krug sich Wasser murmelnd in ein altes verwittertes Brunnenbecken ergoss.

Gedankenverloren hielt Lotta ihre Hand unter das kühle Wasser. Sie liebte diese Zeit, wo alles noch ruhig war, wo man glauben konnte, die Welt sei in Ordnung. Ihr Blick ruhte auf einem Spinnennetz, das sich filigran zwischen zwei Sträuchern spannte. Die ersten Sonnenstrahlen ließen die Tautropfen darin funkeln, wie Tausende von Diamanten. Sie rückte etwas näher und schauen fasziniert auf das Glitzern. Jetzt sahen die Tautropfen eher aus, wie kleine Kristallkugeln, die an einer Schnur aufgereiht sind. Sie erinnerten Lotta an eine Zeit, als sie und ihre Schwester noch Carlotta und Isabella Christensen, die berühmten Piano-Zwillinge waren, die die größten Konzertsäle dieser Welt gefüllt hatten. Damals waren ihnen oft die schönsten Geschmeide nur für eine Liebesnacht geboten worden.

Lotta schüttelte lächelnd den Kopf, denn für sie hatte es nur eine große Liebe gegeben, die Musik. Und auch als sie ihre Karriere beendet hatten, blieb sie der Musik treu und lehrte an der Hochschule für Musik noch viele Jahre, auch nach dem offiziellen Rentenalter.

Erst als Bellas Lebensgefährte Viktor gestorben war, zog es die Zwillingsschwestern wieder zurück in ihr Elternhaus.

Gemeinsam hatten sie den Garten in ein Feenreich verwandelt, an dem sie jeden Tag ihre Freude hatten. Auch wenn es für viele so aussah, als käme der Garten aus einem Buch der Brüder Grimm, standen dahinter vielfältige Überlegungen.

Lotta und Bella hatten beide das große Ziel, gesund und fit die 100 oder besser noch die 101 zu erreichen, so wie Joan Collins, die Alexis aus dem Denver-Clan. Kurz vor der Beendigung ihrer Karriere hatten sie die Hollywood-Diva in den USA getroffen und gemeinsam einen vergnüglichen Abend erlebt. Sie hatten sich ausgetauscht zu den besten Tipps für Schlankheit und Gesundheit sowie den neuesten Anti-Aging-Tricks. Obwohl sie jetzt erst 83, also noch zwei Jahre jünger, als das ehemalige Denver-Biest waren, verglichen sie sich gerne mit ihr.

Alles war diesem Ziel untergeordnet. Auch die Gartengestaltung. Da gab es zahlreiche Sträucher mit wildem Jasmin, dessen warmer, betörender Geruch magische Welten eröffnete und Wohlbefinden und Glück schaffte. An den Stellen, an denen zierliche Bänke oder schwebende Rattan-Sessel zum Entspannen einluden, wuchs Lavendel, der den Geist reinigt und erfrischt, Sorgen vertreibt und gelassen macht. Aber am häufigsten tauchten Rosen auf, als einfache Heckenrose am Eingangstor, die schon das Bild einer freundlichen Atmosphäre vermittelte, als Büsche und auch als Rosenstämme immer in den Farben weiß für Bella und gelb, das war Lottas Lieblingsfarbe.

Der Duft der Rosen symbolisierte für sie nicht nur die Liebe, sondern förderte auch Eigeninitiative und Kreativität, unterstützte Wagemut und die Kraft zur Veränderung.

Das Wort Gartenarbeit schreckte sie beide nicht, es war eher die reine Freude. Sicher, für die schweren Arbeiten hatten sie einen Gärtner, der sich vorrangig um die Bäume und den Obst- und Gemüsegarten kümmerte. Aber alles andere war ihre Domäne.

Wenn Lotta auf ihr Leben zurückblickte, gab es nicht viel, was sie bedauern musste, denn sie hatte ein erfülltes Leben gehabt.

Schade, dass wir beide keine Kinder bekommen konnten, überlegte sie, es wäre so vieles, das sie gerne weiter gegeben hätte.

Zum Glück hatte Bellas Mann Viktor schon eine Tochter aus erster Ehe gehabt, das brachte ihnen beiden das erhoffte Enkelkind und später sogar eine Urenkelin, die ihr ganzer Stolz war.

Celina, die die gleiche Leidenschaft für das Klavier entwickelt hatte, wie sie beide, schien Großes zu versprechen, wenn sie weiter so diszipliniert übte, wie sie es jetzt tat.

Der Begriff Disziplin erinnerte Lotta daran, dass jetzt eigentlich Zeit für ihre Gymnastik war. Seit langem machte sie regelmäßig Pilates und seit kurzem auch die fünf Tibeter und war fest davon überzeugt, dass beides eine verjüngende Wirkung hätte.

Mit einem bedauernden Blick verabschiedete sie sich von den üppigen Rosenbüschen, die verschwenderisch dufteten und den weißen Blüten der Clematis, die sanft aus der Elfenecke leuchteten.

Im Vorbeigehen warf sie noch einen Blick in den großen Nutzgarten im hinteren Bereich, aus dem sie ihr Gemüse, ihr Obst und auch die Kräuter bezogen. Der Rosmarin sah gut aus. Sie würden bald wieder einen Aufguss für neues Gesichtswasser brauchen. Lotta und Bella schworen auf das „Wasser der Königin von Ungarn", als Zaubermittel für ewige Jugend. Der Legende nach, sollte Isabella von Ungarn, mit Rosmarinwasser so jung und attraktiv ausgesehen haben, dass sie noch als über 70-jährige deutlich jüngere Männer angezogen hatte.

Ob das wirklich stimmt, dachte Lotta, egal, Hauptsache es wirkt bei uns! Manchmal verwendeten sie auch Rosenwasser, das der Haut einen einzigartigen Schimmer verlieh oder mischten beides, Rosmarin und Rosenblätter zu einem Tee oder auch Rosen-und Birkenblätter, die ebenfalls die Haut straffen und verjüngen sollten.

Manche Leute würden sicher sagen, dachte Lotta etwas ironisch, dass wir zwei alte Schachteln nicht so übertreiben sollten, aber zum Glück haben wir wenigstens auf Botox verzichtet.

Nachdem sie ihre Gymnastik beendet hatte, gönnte sie sich ein frisches, grünes Smoothie und ging duschen. Wie überall im Haus gab es viele Spiegel, in denen sie ihre Haltung korrigieren konnte, das hatte sie früher im Ballettunterricht begonnen und beibehalten.

Lotta wusste von anderen, dass viele Frauen den Verfall ihrer Schönheit nicht mehr im Spiegel sehen wollten. Sie setzte eher darauf, den Verfall aufzuhalten und sich an der neuen Ausstrahlung zu freuen.

Und das tat sie jeden Tag. Ihre Haut war naturgemäß nicht mehr so straff, wie früher, aber da sie immer schlank gewesen war und keine Gewichtsschwankungen kannte, gab es auch keine Überhänge.

Ihre Haare waren nur an den Schläfen ein wenig weiß, sonst immer noch honigblond, dank ihres langjährigen Frisörs René.

Die wenigen silbrigen Haare fielen bei ihrem Lockenkopf à la Joan Collins aber kaum auf. Für das feingeschnittene Gesicht und die blaugrauen Augen brauchte sie eigentlich keinen Spiegel, dazu musste sie nur Bella ansehen.

Als sie ihre Schwester am Frühstückstisch traf, wurde ihr noch einmal klar, dass heute ein guter Tag werden würde. Obwohl sie eineiige Zwillinge waren, verhielten sie sich vielen Dingen sehr unterschiedlich. Bella konnte ein ausgesprochener Morgenmuffel sein und antwortete, wenn überhaupt, höchst ungnädig auf Lottas Geplauder am Frühstückstisch.

Bella schlief gerne lange und machte ihre Gymnastik nie so früh wie Lotta, sondern erst am Vormittag. Eine Zeitlang hatte sie auch unter Schlafstörungen gelitten, aber seit sie ihr Bett mit dem Kopfteil nach Norden ausgerichtet hatten, schlief sie tief und fest, wie ein Baby.

Natürlich konnten sie nicht überprüfen, ob sie dabei wirklich mit dem natürlichen Fluss des Erdmagnetfeldes übereinstimmten, aber wie Lotta immer triumphierend betonte: *Wer heilt, hat recht!*

Heute strahlte Bella schon am frühen Morgen, denn heute kam Celina, die beides war, ein musikalisches Genie und ein kleiner Kobold und immer eine Freude für ihre beiden Grannys.

Nachdem die Schwestern ihr Müsli mit Chia-Samen, Kakao-Nibs,

Heidelbeeren, Gojibeeren und allen gesund- und jungmachenden
Zutaten, die sie kannten, verspeist hatten und Tee tranken, erwähnte Lotta die Zubereitung des Gesichtswassers. „Wir sollten Rosmarin und Rosenblätter pflücken, ehe es zu heiß wird. Ich könnte
schon beginnen, solange du noch deine Übungen machst."

Sie nahm sich ihren Korb, zog die Gartenhandschuhe an und ging
als erstes zum Nutzgarten. Wie immer trug sie noch ihr Morgen-
kleid, heute ein locker anliegendes Kleid aus gelber Baumwolle mit
Stickereien am Ausschnitt und am Saum. Lotta liebte Laura Ash-
leys Mode und ihre Dekorationen und hätte nie so etwas Profanes,
wie Hosen oder gar Jeans getragen. Sie war eine Dame, auch wenn
sie im Garten arbeitete. Nach einiger Zeit gesellte sich auch Bella
zu ihr, so dass sie ihre Arbeit bald beenden und den Aufguss in der
alten Küche vorbereiten konnten.

Lotta drängte ihre Schwester etwas zur Eile, denn danach war Zeit
für ihre neuen Hobbys, Magie und Parapsychologie. Natürlich
ging es dabei vor allem darum, was Energie und weiße Magie für
Gesundheit, Wohlbefinden und Schönheit bewirken konnten.
Wie immer, wenn die Schwestern ein neues Interessengebiet entdeckt hatten, stürzten sie sich mit vollem Einsatz darauf.
Sicherheitshalber hatten sie auch ihr Haus, das weiß aus den zahl-
reichen Rosenbüschen und dem Efeu leuchtete, einer spirituellen

Hausreinigung unterzogen.

Enttäuschend dabei war nur, dass sie vorher selbst richtig gründlich putzen mussten. Na ja, genauer gesagt, hatten sie ihre Putzfrau eher kräftig unterstützt.

Dann hatten sie alle Ecken mit Salz ausgestreut, Räucherstäbchen abgebrannt und immer wieder gelüftet.

Als furiosen Abschluss hatten sie Mozarts Sonate für zwei Klaviere in D-Dur gespielt, weil das, wie Lotta aus dem aktuellen Ratgeber Wissenschaft entnommen hatte, nicht nur die Intelligenz erhöhen, sondern auch neue Lebensenergie, Wohlbefinden und Kraft geben sollte.

Seitdem spürten sie die Wirkung frischer Energie viel besser. Im Flur war das kleine Fenster jetzt mit einem Glasmosaik versehen worden, denn farbiges Glas sollte Übles fernhalten. Nicht ohne Grund, hatte Bella argumentiert, gäbe es in vielen Kirchen farbige Fenster. Alle Fenster auszutauschen, dagegen hatte sich Lotta gewehrt, aber sie war einverstanden, dass an den anderen Fenstern Glastropfen aus Bleikristall angebracht wurden, die durch die Sonnenstrahlen wunderschön glitzerten und Freude ins Haus brachten
.

In allen Räumen standen kleine Schalen mit grobem Meersalz und einigen Tropfen Zitronenöl. Das sorgte nicht nur für einen angenehmen Geruch, sondern sollte auch negative Energien fernhalten.

Genauso wie die riesigen Buchsbaumtöpfe, die im großen Wohnraum im Erdgeschoss an den Fenstern standen.

Dort waren auch ihre Konzertflügel, natürlich weiß, sich gegenüber
ausgerichtet, wie Lotta und Bella, das dem Feng-Shui entnommen
hatten. In diesem Raum fanden vor allem die Übungsstunden mit
der 12-jährigen Celina statt. Gäste wurden manchmal auch dort
empfangen, wenn es Hauskonzerte gab. Aber wenn sie es wirklich
gemütlich haben wollten, zogen sich die beiden Schwester in den
weiträumigen Wintergarten zurück, dessen weiß-grüne Wandge-
staltung einen fließenden Übergang zum Feengarten bildete.

Heute arbeiteten die Schwestern dort an ihren neuen Fähigkeiten
bei der Telekinese. Anfangs hatten sie begeistert gejubelt, wenn es
ihnen gelang, einen Tropfen Öl in einem Wassergefäß nur kraft
ihres Willens zu bewegen.
Heute jonglierten sie schon Rosenblätter in einer flachen Wasser-
schale hin und her, wie einen Ping-Pong-Ball.
"Es ist ganz offensichtlich von Vorteil, dass wir regelmäßig üben
und innerlich ausgeglichen sind." Bella betonte das, obwohl sie
wieder einmal verloren hatte. Lotta konnte ihre Energie schon viel
länger steuern. Die war auch ganz begeistert. „Und dass wir jede
Form von Stress vermeiden, hilft enorm. Zeit zum Essen und dann
einen schönen Mittagsschlaf."

Celinas Besuch war wie immer der Höhepunkt des Tages. Sie übte zwar zu Hause auch, kam aber zwei- bis dreimal in der Woche zu ihnen. Schon an der Tür strahlte sie ihre Grannys an und ihre blauen Augen funkelten vor Freude. Die blonden Locken waren zu einem Pferdeschwanz zusammengefasst, damit die Haare nicht beim Spielen störten. Sie trug ein weißes Sommerkleid mit blauen Pünktchen und einer braven Schleife. Celina wusste, dass ihre Grannys sehr auf solche Dinge achteten und machte ihnen gerne die Freude. Die gefetzten Jeans trug sie dann eben später.

Nachdem beide andächtig, aber immer noch kritisch ihrem Spiel zugehört hatten, strich ihr Bella über die Schulter. „Engelchen, ich bin sehr zufrieden mit dir. Du spielst für deine zwölf Jahre schon überraschend gefühlvoll. Lass uns Tee trinken, ehe Lotta wieder deine linke Hand kritisiert."
Celina lächelte. Natürlich wusste sie dass Lotta recht hatte, war aber froh, dass auch die nur lächelte und Tee eingoss.
„Du musst heute das Duell gewonnen haben, du siehst so fröhlich aus." „Natürlich habe ich gewonnen, meine Energie war heute schon sehr stark. Alles eine Frage der Übung, wie ich dir immer sage." „Ja, ja, und eine Frage der Einstellung", grinste Celina, die die Litanei schon kannte.
„Was wollt ihr eigentlich machen, wenn ihr wirklich 101 werdet? Gibt es einen Staatsempfang oder was?"

„Wenn wir dieses Ziel erreichen", begann Bella und lehnte sich bequem zurück, „und davon sind wir beide fest überzeugt, dann würden wir wirklich ein großes Fest machen, uns von euch allen verabschieden und dann jeder seine Abschiedspille schlucken, einschlafen und nicht wieder aufwachen. Ich hoffe sehr, dass es diese Pille bis dahin gibt."

„Aber wenn das nicht klappt, jetzt wäre das ja noch Sterbehilfe und das ist nicht erlaubt, was macht ihr dann? Von mir aus könntet ihr natürlich auch ewig leben…"

„Auf keinen Fall", unterbrach sie Lotta vehement. „Ich möchte mit einem einigermaßen gesunden Körper und einem brillanten Geist in Würde abtreten können. Die letzten Jahre in Windeln kommen für mich nicht in Frage. Dann mache ich es wie die alten Indianerhäuptlinge, lege mich ins Bett und sterbe, schon aus Gnatz."

„Das glaube ich dir sofort", lachte Celina, „aber lass dir noch ein bisschen Zeit. Ich will euch noch nicht verlieren, dafür habe ich euch zu lieb." Und mit Küsschen und Umarmung verabschiedete sie sich.

Den Tag beschlossen die Schwestern am Abend wie immer auf der kleinen Veranda zur Westseite. Den Sonnenuntergang konnte man nicht immer sehen, dafür waren die Bäume und auch die Häuser auf der anderen Straßenseite zu hoch. Aber das sanfte Licht der Dämmerung und die friedvolle Stille hatten etwas ganz eigenes, das gut zum sanften Knacken der Schaukelstühle passte.

Von einer längeren Konzertreise durch die Südstaaten der USA, stammte die Liebe der Schwestern zu Schaukelstühlen, die sie dort auch erworben hatte. Das Schaukeln entspannte so wunderbar, dass sie diese kleine Veranda extra hatten anbauen lassen.

Direkt gegenüber gab es zwar eine Bushaltestelle, aber da der Bus nur zweimal am Tag fuhr, störte nichts die friedvolle Abendstille.

Dennoch kam Lotta heute nicht zur Ruhe, irgendeine Ahnung lenkte sie ab und ließ sie Anspannungen spüren. „Ich gehe lieber noch ein wenig durch den Garten", verabschiedete sie sich von ihrer Schwester. „Mir ist das hier heute zu ruhig."

Wenn sie hätte ahnen können, dass das für lange Zeit der letzte ruhige Abend war, dann wäre sie sicherlich zu einer anderen Entscheidung gekommen.

Der nächste Tag verging, wie die Tage vorher in angenehmer Beschaulichkeit, die nur von einem Paketboten unterbrochen wurde, der ein neues Bücherpaket brachte.

Aber die friedvolle Stille sollte sich bald ändern. Als Bella am Abend gerade ihren Schaukelstuhl zum Schwingen gebracht hatte, brach plötzlich ein höllischer Lärm los, ein Getöse, das so schlimm war, dass sie entsetzt aufsprang und sich die Ohren zuhielt.

Lotta, die im Wohnzimmer gerade eine Mozart-CD in die Musikanlage schieben wollte, eilte nach draußen, um ihrer Schwester beizustehen. An der Bushaltestelle gegenüber hatten sich einige Jugendliche auf der Bank schon häuslich niedergelassen und von ihnen kam der Lärm.

„Das sind solche Smart-home-Geräte, wie ich sie im Internet gesehen habe", rief Lotta ihrer Schwester zu, „die brauchen keinen Strom und können entsetzlich laut sein. Ich dachte, die Kofferradio-Zeiten hätten wir überstanden. Jetzt geht das schon wieder los."

Bella war ganz blass geworden und ging sofort nach drinnen. Aber Lotta packte die Wut. Wenn das Smart-home-Geräte sind, warum bleiben sie damit nicht zuhause und lassen uns in Ruhe.

„Hören Sie sofort mit dem Lärm auf. Das ist Belästigung!"

Aber die Angesprochenen lachten nur, ein bärtiger Junge in einer Lederjacke, hob seine Bierflasche in ihre Richtung, trank und nuschelte. *„Ma ma halblang, Oma."* Ein anderer grinste nur frech und zeigte ihr einen Vogel.

Der dicke Junge, der die Anlage hielt, brüllte schon ziemlich aggressiv herüber. „Hau bloß ab, du alte Hexe. Sonst zünden wir deine Hütte an. Das wäre ein Spaß!"

Eigentlich wollte Lotta sofort über die Straße stürmen und diesen unerzogenen Frechlingen die Meinung sagen, aber Bella hielt sie fest.

„Lass das. Wir sind im Recht und in diesem Land gibt es Gesetze, die uns schützen. Das ist eine Sache für das Ordnungsamt. Setz dich an deinen Laptop und schreibe eine Beschwerde, die können das dann klären."

Das tat Lotta zwar, auch wenn sie innerlich noch bebte. Dennoch war der Lärm noch lange zu hören, wenn sie sich im Wohnzimmer aufhielten, nur im Wintergarten war es erträglich. Gleich am nächsten Morgen brachte Lotta den Brief zur Post, noch immer in der Hoffnung, dass sich dieses Problem schnell erledigen möge.

Doch auch an den folgenden Abend setzte sich der Lärm fort, der an den Nerven von Lotta und Bella zehrte. Das was da zu hören war, konnte unmöglich Musik sein, wie Lotta nach Informationen aus dem Internet feststellte.

„Im Ratgeber Wissenschaft habe ich gelesen, dass Heavy Metall und RAP destruktiv wirken und Aggressionen und andere negative Emotionen wecken. Man hat an Pflanzen festgestellt, dass sie bei dieser Beschallung schlechter wachsen und sogar deformiert sind. Beethoven, Mozart und Verdi führten dagegen zu größerem Blattwachstum und aromatischeren Früchten." „Erinnerst du dich an die Wasserbilder von diesem Japaner?" Bella blätterte in ihrem Buch. „Da gab diese „Musik" ganz fürchterliche Verzerrungen. Ich mag gar nicht daran denken, was das alles in unserem Körper anrichten kann."

„Das kann ich dir genau sagen, weil sich viele Untersuchungen mit Lärm beschäftigt haben. Länger andauernder Lärm kann beispielsweise zu erhöhtem Bluthochdruck- und Herzinfarktrisiko, zu Gehörschäden oder Tinnitus führen. Auf jeden Fall beeinträchtigt Lärm die Konzentration, die Leistungsfähigkeit und reduziert die Lebenserwartung."

„Das hört sich wirklich böse an", überlegte Bella. „Vielleicht sollten wir ein paar Tage wegfahren, bis das Ordnungsamt die Sache geklärt hat?"

Aber Lotta war gegen einen Rückzug. „Notfalls müssen wir die Sache selbst auskämpfen." Und sie hatte recht mit ihrer Ahnung.

Am nächsten Morgen kam ein Brief des Ordnungsamtes, den Lotta erbost zu Boden schleuderte, nachdem sie ihn überflogen hatte.

„Das ist wirklich das Allerletzte! Kannst du mir sagen, warum wir eigentlich Weihnachten feiern? Anscheinend werden doch jeden Tag Männer geboren, die sich für Gott halten.

Hör dir das an: *Wir bedauern außerordentlich, dass Sie sich belästigt fühlen. Wenn allerdings an diesem Platz Musik gehört wird, verstößt das nur gegen die Lärmschutzverordnung, wenn es nach 22.00 Uhr erfolgt. Da es vorher erlaubt ist, gibt es aus unserer Sicht keinen Handlungsbedarf. Wir erwarten daher auch von Ihnen, ein wenig mehr Verständnis für den Musikgeschmack der Jugend. Vielleicht hören Sie die Musik ja auch einmal gemeinsam.*

Mit freundlichen usw. Eher friert die Hölle zu, ehe das ich mir das antue."

„Also sind wir alleine auf uns gestellt. Wie sollen wir uns denn jetzt noch dagegen wehren. Wir sind doch nur zwei alte Frauen", jammerte Bella.

Aber Lotta rief sie energisch zur Ordnung. „Hör sofort damit auf! Wenn du jammerst, beginnt dein Gehirn zu schrumpfen. Erinnere dich, das haben wir erst letzten Monat gelesen und das ist wissenschaftlich belegt. Was wir brauchen ist ein Schlachtplan. Was können wir machen, gegen diese schlechte Energie, die zu uns weht?"

„Ich weiß", jetzt fühlte sich auch Bella wie auf einem Kriegspfad. Wir öffnen sämtliche Fenster und spielen Mozarts Sonate für zwei Klaviere in D-Dur, wegen dieses „Mozart-Effekts". In Tests hat man nachgewiesen, dass sich bei allen Probanden, die dieses Stück gehört hatten, der Intelligenzquotient erhöhte. Also lass uns gegen die Dummheit anspielen."

Lotta hatte so ihre Zweifel, aber in Ermangelung eines besseren Vorschlags, machte sie mit. Sie spielten voller Eifer und voller Gefühl, aber nur solange, bis der erste Steinwurf ihr Spiel unterbrach. Völlig verschreckt schlossen beide die Fenster, ließen die Jalousien herunter und zogen auch noch die Vorhänge vor. Was war nur aus ihrer friedlichen Welt geworden?

Erst nach einigen Minuten sahen sie das Papier, das um den Stein gewickelt war und auf dem etwas stand, das Lotta erst nach einigen Überlegungen verstehen konnte: *Das is jetzt unser Revir! Wenn das euch Heksen nicht past, werdet ihr brännen!*

„Wenn es nicht so traurig wäre, könnte ich lachen. Kann man denn jemanden, der so schreibt ernst nehmen?"

„Wir werden das müssen." Bella war wie immer schneller einsichtig. „Lass uns morgen mit Celina darüber reden. Die kennt die jungen Leute besser."

Celina, der sie am nächsten Tag nach der Übungsstunde ihr Leid klagten, warf einen Blick auf den Namen des Briefschreibers von Ordnungsamt und zuckte lakonisch die Schultern.

„Na, das wundert mich nicht. Schröder ist der Vater von Adrian, dem Anführer dieser Idioten. Und den anderen Zettel hat Adrian vermutlich selbst geschrieben. Das ist der aggressive Dicke, der sich für den Stärksten hält. In der Schule dumm wie Brot, aber auf der Straße immer die große Klappe und Papa deckt das alles. Adrian ist älter als die anderen, weil er schon einige Klassen wiederholen durfte. Das nutzt er aus und terrorisiert die Kleineren, aber sein Vater nimmt ihn immer wieder in Schutz. Der muss sich gar nicht ändern!"

Das brachte Lotta wieder ins Grübeln. „Wie hat der uns genannt? Alte Hexen? Na dann sollten wir das doch auch sein. Lasst uns in den Büchern nach schrecklichen Flüchen und Bannsprüchen suchen."

„Das sind meine Grannys. Wehrt euch gegen diese Idioten!" Grinsend verabschiedete sich Celina.

Als erstes reinigten die beiden Schwestern den Schauplatz spirituell mit Salz und Räucherstäbchen.

Als das am Abend aber keinerlei Wirkung zeigte, blätterten sie am nächsten Morgen eifrig in diversen Hexenbüchern der schwarzen Magie.

Bella entdeckte als erste eine Möglichkeit. „Hier gibt es ein Pulver, das vor allen bösen Einflüssen schützt." „Und was braucht man dazu?" fragte Lotta neugierig. „Eine schwarze Kerze, schwarzes Talkum, Eisenspäne, Nachtschattengewächse und Haar von einer schwarzen Katze. Ach nein, das geht nicht. Man kann es nur am Samstag verstreuen."

„Und eine schwarze Katze möchte ich auch nicht rasieren", murmelte Lotta, während sie in einem anderen Buch eifrig suchte.

„Ich habe hier ein Schutzwallpulver, das unerwünschte Besucher fern hält."

„Oh gut." Bella schaute ebenso neugierig. „Wir brauchen dafür eine rote Kerze, schwarzes Talkum, Weihrauch, Myrrhe und Salz für den Schutz und Drachenblut."

„Da wäre ja die Rasur einer schwarzen Katze noch leichter gewesen, wo sollen wir denn Drachenblut herbekommen?"

„Keine Ahnung." Auch Lotta war ratlos.

„Meines Wissens gab es den letzten Drachen bei den Nibelungen. Der Lindwurm, den Siegfried erschlagen haben soll, das könnte am ehesten ein Drachen gewesen sein."

„Oder der Archeopteryx, das hatten wir in der Schule", lachte Bella. „Du warst schon immer ein Streber", knurrte Lotta.

„Ich kann das Wort kaum aussprechen. Aber Blut hat der heute auch keins mehr.

Hier ist noch ein Abwehrzauber. Man streut Salz auf den Weg der Feinde, in deren Fußabdrücke und auf deren Unterwäsche…"

„Puh", rief Bella, „daran will ich nicht mal denken. Aber hier habe ich etwas, das könnte klappen.

Wir brauchen 4 Liter Wasser, 3 Handvoll frische Brennnesselblätter, 2 Handvoll Meersalz und 1 Zigarre."

Lotta schaute kurz über die Anwendungshinweise. „Das machen wir sofort. Du setzt das Wasser in der alten Küche auf und ich hole die Brennnesseln.

Die Zigarre lasse ich mir von unserer Nachbarin geben, der alte Willi raucht fürchterlich stinkendes Zeug. Je schlimmer desto besser!"

Als das Wasser kochte, zog Bella den Topf vom Herd und Lotta fügte die Brennnesseln und das Meersalz hinzu. Zuletzt schnitten sie die Zigarre in kleine Scheiben und ließen den Sud zwanzig Minuten ziehen.

Dann filterten sie den Zaubertrank, der fürchterlich stank und füllten ihn in Flaschen, die sie rund um die Bushaltestelle entleerten.

Als Bella schnell wieder ins Haus schlüpfen wollte, weil ihr das Ganze doch ein wenig peinlich war, wurde sie von Lotta zurückgehalten. „Warte, jetzt fehlt noch der Zauberspruch."

Und schon deklamierte sie mit so kräftiger Stimme, dass Bella am liebsten im Boden versunken wäre.

„Möge dieser Zauber nicht zurückkehren oder uns mit einem Fluch belegen. Wie ich es will, so soll es sein!"

Gespannt warteten sie am Abend auf irgendeine Reaktion, um sich doch wieder enttäuscht in den Wintergarten zurückzuziehen. „Sie schnüffeln nur ein bisschen herum, aber sonst passiert nichts. Heute hatte ich wirklich geglaubt, das Richtige zu machen, aber vielleicht liegt uns die schwarze Magie einfach nicht." Lotta setzte sich frustriert in ihren Korbsessel.

„Du könntest recht haben", schloss sich Bella dem Gedanken an, „wir sind einfach nicht böse genug."

„Aber ich könnte es werden. Wenn ich schon sehe, was sich da alles zusammengerottet hat, diese Typen, da sind schon welche mit Bärten dabei. Daraus kann niemals etwas Gutes entstehen."

„Ach, komm, du übertreibst."

Bella war wie immer etwas toleranter. „Völkerwanderungen hat es doch zu allen Zeiten gegeben."

Jetzt wurde Lotta erst richtig wütend. „Und ist vielleicht etwas Gutes daraus entstanden, als die Vandalen Rom gestürmt haben? Davon hat sich die römische Hochkultur nie wieder erholt. Gerade heute früh habe ich bei Wikipedia darüber gelesen."

Sie zog einen Computerausdruck hervor. „Hier steht es. *Das Imperium Romanum war ein wirtschaftlich und politisch stabiler Raum mit einer enormen Sogwirkung auf barbarische Gesellschaften.* 455 wurde Rom angegriffen und geplündert und war nie wieder das Gleiche."

„Und du meinst, wir sind jetzt Rom und wenn wir uns nicht weiter verteidigen, werden wir untergehen?"

„Das hast du genau richtig erfasst. Mir gehen zwar die Ideen aus, aber wir müssen weiter machen. Vielleicht brauchen wir nur eine kleine Pause, dann wird uns schon das Richtige einfallen."

Auch Celina, die am nächsten Tag kam, fiel auf, wie mutlos ihre Grannys geworden waren, weil die schwarze Magie offensichtlich nicht hielt, was sie sich davon versprochen hatten.

Bevor sie sich nach dem gemeinsamen Teetrinken wieder verabschiedete, hatte sie noch eine Eingebung. „Wenn die Magie nicht erfolgreich war, warum versucht ihr es dann nicht mit Energie? Ihr seid doch sehr stark darin, sie gezielt zu steuern."

Überrascht sahen sich die Schwestern an. Daran hatte bisher keine gedacht. Ließe sich so etwas nutzen? „Ich muss dringend etwas darüber lesen." Lotta suchte in ihrem Bücherregal.

„Und ich weiß auch, wo ich etwas darüber finde."

Bella freute sich über den kleinen Vorsprung vor ihrer Schwester.

Schon am Morgen nach dem Frühstück, berieten sie sich erneut.

„Wir können sie nicht alle töten, das können wir uns abschminken." Bella hob bei dieser Ankündigung beschwichtigend die Hände, aber Lotta schaute sie nur verwundert an.

„Wie sollten wir sie denn töten? Du sagst doch immer, wir wären schwache alte Frauen, dann geht das doch nicht!"

Aber Bella lächelte nur geheimnisvoll.

„Wir könnten schon, wenn wir wollten. Ich habe darüber gelesen, dass die Kahuna-Priester auf Hawaii ein Tötungs-Gebet, das Ana-na, beherrschten. Damit wurde der, der mit dem Tod bestraft werden sollte auch erreicht, wenn er sich an einem anderen Ort befand. Das Interessante daran ist, derjenige wusste vielleicht gar nichts davon. Er hielt es vielleicht für eine Kleinigkeit, dass seine Füße einschliefen und taub wurden. Innerhalb von drei Tagen wanderte diese totale Bewegungslosigkeit immer höher, bis sie das Herz erreichte und es lähmte. Dann trat der Tod ein."

„Das ist echt krass." Lotta begann sich dafür zu begeistern. „Man könnte es nicht zu uns zurückverfolgen. Das wäre cool, wie unsere Celina sagen würde. Aber so viele Tote vor unserer Haustür, das wäre doch etwas übertrieben. Wir müssen etwas anderes finden."

Bella überlegte und begann plötzlich zu grinsen. „Ich weiß genau, wie wir es machen können. Wir müssen nur unsere Energie wieder etwas stärken und dann gezielt auf eine Stelle richten. Dafür reicht unsere Kraft garantiert."

„Und wohin wollen wir unsere Energie richten?" Lotta konnte Bellas Gedanken noch nicht nachvollziehen, aber als ihr diese das Ziel ins Ohr flüsterte, lachte sie schallend auf.

„Das ist voll der Hammer, wie Celina sagen würde und bestimmt auch eine gerechte Strafe. Super, Kleine, das gefällt mir."

An diesem Abend standen sie gespannt hinter der schützenden Gardine und konzentrierten sich auf Adrian, den aggressivsten Typen, der sie Hexen genannt hatte.

Er schien auch in dieser Gruppe ständig das große Wort zu führen und fühlte sich vermutlich unantastbar.

Lotta gab das Kommando und beide konzentrierten sich auf ein kleines, überschaubares Ziel. Zunächst passierte gar nicht und der Lärm erschien ihnen hier am Fenster wirklich unerträglich. Dann aber verließ der ziemlich übergewichtige Anführer eiligst seinen Platz und verschwand hinter den Büschen.

Lotta und Bella jubelten. „Es funktioniert!" „Aber ich bin auch erschöpft." Bella sank in einen Sessel. „Du hast recht", räumte Lotta ein. „Für einen längeren Angriff reicht unsere Energie nicht mehr aus. Wir müssen sie erst wieder aufbauen. Ich habe auch schon eine Idee."

Mit diesen Worten verschwand sie in ihren Räumen und Bella sah sie erst am nächsten Morgen wieder. Triumphierend legte sie ihrer Schwester einen neuen Computer-Ausdruck auf den Tisch.

„Ich habe uns zu einem Energie-Seminar jetzt am Wochenende angemeldet. Es ist ganz in der Nähe, an einem See, rundherum Wald und eine himmlische Ruhe" „Das wäre ja fantastisch, um endlich mal wieder in Ruhe auszuschlafen, aber was macht man denn bei einem Energie-Seminar?" Bella schaute schon wieder ängstlich.

Aber Lotta konnte sie beruhigen, schließlich hatte sie alles genau geprüft. „Man lernt alles, was hilft, die eigene Energie zu erhöhen und andere natürliche Energiequellen anzuzapfen und zu nutzen. Natürlich erfährt man auch, wie man sich gegen Energie-Vampire verteidigen kann. Und wenn wir zurückkommen, dann kommt da-

Finale.",,Du meinst den finalen Todesschuss?" Bella war ganz aufgeregt. „So oder so ähnlich wird es werden."

Das Wochenende war ganz offensichtlich ein voller Erfolg, denn
am Montagabend standen die Schwestern wieder am Fenster,
hochkonzentriert und kampfbereit. Und immer, wenn der Anführer
eilig in der Büschen verschwandt, klatschten sie sich jubelnd ab.
„Das hält der nicht mehr lange durch", prophezeite Bella.
„Er ist uns nicht gewachsen. Machen wir ihn fertig!" Lotta jubelte
schon siegessicher.
An diesem Abend schliefen sie nach einer erfolgreichen Schlacht
tief und fest. Nachdem sie das Ganze noch zwei Tage durchgestan-
den hatten, zog wieder friedvolle Stille in die Gegend ein.
Alles, was am Abend noch zu hören war, war das sanfte Knacken
der Schaukelstühle und eine leise Mozart-CD.

Celina freute sich, ihre Grannys wieder so fröhlich zu sehen, wurde
jedoch beim Teetrinken neugierig.
„Ihr schaut aus, wie meine Katze, wenn sie extra viel Thunfisch
bekommen hat. Wie habt ihr das hingekriegt, dass die Idioten nicht
mehr da sind? Das ward ihr doch, oder?"
Als die Grannys nur leise schmunzelnd ihren Tee tranken, bohrte
Celina weiter.
„Adrian hat in der Schule drei Tage gefehlt, er war im Kranken-

haus, irgendeine geheimnisvolle Entzündung." „Ach, hat er vielleicht ein Blasenproblem?" Lotta erkundigte sich so fürsorglich,
dass Celina augenblicklich verstand.

„Das ward ihr? Ihr seid die Größten! Wie ich gehört habe, hängt
die Truppe jetzt im Garten von Adrians Vater ab, hier wäre es einfach zu öde gewesen. Wie habt ihr das so schnell geschafft?"

Bella setzt ihre Lieblingstasse aus feinem chinesischem Porzellan
zuerst vorsichtig ab, ehe sie antwortet. „Eigentlich war es deine
Idee. Du hast uns geraten, unsere Energie zu nutzen." Celinas Gesicht war ein einziges Fragezeichen. „Und?"

„Wir haben uns entschieden, unsere Energie zu bündeln und auf
eine kleine Stelle zu konzentrieren", erklärte Lotta.

„Und das war seine Blase. Deshalb musste er ständig hinter die
Büsche und das war seinem Ansehen sicher nicht förderlich. Wie
haben wir früher dazu gesagt?" Bella antwortete sofort. „Konfir-
mandenblase! Das war ein Schimpfwort. Aber das wichtigste ist,
dass Rom jetzt gerettet ist." Celina schaute etwas zweifelnd. „Das
muss ich jetzt nicht verstehen, oder?"

„Nein, nein, Engelchen", grinste Lotta. „Wir haben alles im Griff!"

Reingelegt

„Das darf doch nicht wahr sein!" Laura Graf wollte sich gerade von
ihrer Freundin Luisa verabschieden, die im Erdgeschoss des Nach-
barhauses wohnte. Beide waren im Kabarett gewesen und hatten
sich auf dem Heimweg noch ausgeschüttet vor Lachen. Sie kicher-
ten wie zwei Teenager, obwohl sie der 70 deutlich näher waren als
der 17. Seitdem beide verwitwet waren, unternahmen sie wieder
viel gemeinsam, so wie in ihrer Jugend. Laura half an zwei Tagen
im Büro ihrer Enkelin aus, die als Privatdetektivin arbeitete. Und
dabei war eine Leidenschaft entstanden, die sie beide und noch
einige Frauen ihres Alters erfasst hatte, das Krimifieber. Jeden
Mittwoch trafen sich sieben Frauen im Café *Schokohimmel* im
alten Bahnhof und diskutierten ihre Lieblingsbücher. Natürlich nur
Cosy-Crime-Romane, solche, in denen noch mit Verstand ermittelt
wurde und die Leserin mit raten konnte.

Aber heute sah es so aus, als würden sie selbst einen echten Krimi
erleben. Beide schauten entsetzt auf die Tür zu Luisas Wohnung,
die aufgebrochen war und sich durch den Wind, wie von Geister-
hand bewegte. Luisa wollte hineinstürzen, aber Laura hielt sie zurück. „Bist du lebensmüde?", flüsterte sie. „Die Einbrecher könnten noch drin sein. Ruf sofort die Polizei! Ich rufe Sophie." Ihre
Enkelin nahm schon nach dem ersten Läuten ab. „Sophie-Schatz,

bei Luisa ist eingebrochen worden. Kannst du mal schnell rüber-
kommen? Ja, wir haben die Polizei schon gerufen, aber vielleicht
willst du dich vorher noch umsehen?"

Sophie kam so schnell, als hätte sie schon an der Tür gestanden.
Lautlos betrat sie die Wohnung und sicherte die Räume der kleinen
Wohnung, die genauso geschnitten war, wie das Erdgeschoss im
Haus ihrer Großmutter. Sauber! Niemand mehr da. Jetzt schaltete
sie das Licht ein. Hier schien ein Tornado durch geweht zu sein.
Ungeduldig drängten auch Laura und Luisa ins Zimmer. „Oh,
nein!" Entsetzt schlug Luisa die Hände vors Gesicht. Gerade noch
war ihre Welt in Ordnung gewesen. Und jetzt das! Fremde waren in
ihre Wohnung, in ihr Allerheiligstes eingedrungen, hatten ihre Sachen angefasst. Wie sollte sie sich hier jemals wieder sicher fühlen? Die Tränen schossen ihr in die Augen. Wer tat ihr denn so
etwas an?

Sophie schob sie beide wieder in den Flur. Als zugelassene Privatdetektivin wusste sie, wie wichtig die Sicherung eines Tatortes war,
auch wenn sie nicht ernsthaft glaubte, dass die Täter gefasst werden
würden. Aber die Versicherung würde ohne eine Anzeige bei der
Polizei, niemals für die Schäden aufkommen.

Vom Flur aus war zu sehen, dass die eigentlich stabile Eingangstür
brutal aufgebrochen worden war. Luisa saß auf den Treppenstufen
und schluchzte verzweifelt, während ihr Laura tröstend über den
Rücken strich. Gemeinsam mit den Frauen wartete Sophie auf die

Polizei, die erstaunlicherweise ziemlich schnell erschien. Zuerst sprintete Felix, der Bruder ihrer Freundin Chrissy die wenigen Treppen vor der Haustür hoch. Sein Kollege brauchte etwas länger. Sophie grinste, sie lief die drei Treppen zu ihrer Dachwohnung jeden Tag mehrmals, das brachte Kondition und sparte das Fitness-Studio. „Ihr habt wohl Saure-Gurken-Zeit oder wollt ihr den Rekord für die kürzeste Fahrt zum Einsatzort brechen?" Felix lachte auch.

„Schön wär's. Aber wir waren sowieso hier in der Nähe." Interessiert betrachtete er die Tür. „Ach, schon wieder ein Einbruch, wieder bei einer Frau? Vermutlich der Witwenräuber. Sieht ganz danach aus." Obwohl Felix die Sache locker nahm, wusste Sophie, dass er in seiner Arbeit dennoch sehr genau war. Mit gezogener Waffe betrat er die Wohnung, nachdem er sich vorher vergewissert hatte, dass es keinen zweiten Ausgang gab.

Nach kurzer Zeit kam er zurück und rief seinem Kollegen zu. „Der Vogel ist schon ausgeflogen". Dann wandte er sich an Luisa. „Frau Kempa, fühlen Sie sich gut genug, um einen Blick auf das Wohnzimmer zu werfen? Vielleicht fällt Ihnen gleich auf, worauf er es abgesehen hatte."

Luisa, von ihrer Freundin Laura begleitet, schaute sich nur kurz im Raum um und begann wieder zu zittern und zu schluchzen. Alle Kästen waren aus den Schränken gerissen, die Bücher aus den Regalen gefegt und das, was auf den Fensterbrettern gestanden hatte, lag auf ihrem Teppich. Alles war so fürchterlich, sie konnte sich einfach nicht konzentrieren. Deshalb übernahm Laura, die durch ihre Arbeit bei Sophie schon ein wenig Routine hatte, das Ganze. „Luisa, wo ist dein Schmuck?"

Die schaute in einem der unteren Schränke nach und schüttelte den Kopf. „Alles weg!" Laura schaute bestürzt. „Oh, war da auch das große Bernsteinherz dabei, das deine Urgroßeltern von Königsberg mitgebracht hatten? Das war doch sehr wertvoll." „Ja, das fehlt auch." Luisa nickte betrübt.

„Aber es war sowieso nicht so wertvoll, wie wir immer gedacht haben. Das hat mir der reizende Herr von der Versicherung gesagt." Der zweite Beamte räusperte sich. „Haben Sie eine Liste, damit wir weitergeben können, welcher Schmuck gestohlen wurde?"

„Ich weiß, wo diese Sachen liegen", erbot sich Laura, die sah, dass ihre Freundin keinen klaren Gedanken fassen konnte. Außerdem war da etwas gewesen, bei dem sich ihr kritischer Verstand eingeschaltet hatte. Irgendetwas stimmte definitiv nicht! Während sie Luisas Ordner durchsuchte und die Liste an den Polizisten weiterreichte, fiel es ihr wieder ein.

„Du hast vorhin gesagt, der Versicherungsvertreter habe dir mitgeteilt, das Bernsteinherz sei jetzt weniger wert?" „Ja das hat er. Er sagte, der Preis für Bernstein sei gefallen und er hat auch die Versicherungssumme angepasst. Mir war das recht, so musste ich weniger Beitrag zahlen." Laura warf ihrer Enkelin einen bezeichnenden Blick zu. Der Bernsteinpreis gefallen? Nie im Leben und selbst wenn, galt das bestimmt nicht für Luisas Bernsteinherz mit einem fantastischen Einschluss. Sie selbst hatte oft die vollständig erhaltene Libelle in dem schimmernden Bernstein bewundert. Und seit wann war ein Versicherungsvertreter ein Kunstexperte? Laura, die jahrelang ein Museum mit einer großen Mineralien- und Fossilien-Sammlung geleitet hatte, war davon absolut nicht überzeugt.

Felix prüfte mit aufmerksamen Blicken noch einmal den Raum. „Es ist schon erstaunlich", raunte er Sophie zu. „Er scheint zu wissen, wo was zu finden ist. Er hat im Schlafzimmer nichts angerührt, obwohl die meisten Menschen dort ihr Geld verstecken. Auch nicht im Flur oder der Küche, nur im Wohnzimmer. Und das Durcheinander sieht etwas übertrieben aus, als wollte er uns glauben machen, hier seien mehrere gewesen."
Sophie schaute ihn erstaunt an, nicht schlecht für einen Streifenpolizisten. „Ich habe zwei ähnliche Fälle, da war der Ablauf auch so. Und du sagtest *Witwenräuber*, also gibt es noch mehr?" Felix warf einen vorsichtigen Blick auf seinen Kollegen und flüsterte ihr ins Ohr. „Morgen halb sechs im *Schokohimmel*. Du zahlst den Kuchen und ich erzähle ich dir alles, was ich weiß."
Dann wandte er sich wieder an Luisa, die noch immer geschockt auf ihrem Stuhl saß, während Sophie und ihre Oma schon das

Chaos fotografiert hatten und bereits wieder beim Einräumen waren. „Frau Kempa, wir haben den Einbruch aufgenommen. Aber viel Hoffnung kann ich Ihnen nicht machen. Wir tun, was wir können, aber unsere Möglichkeiten sind leider begrenzt. Haben Sie Verwandte in der Nähe? Sie sollten heute nicht alleine sein."
„Ich nehme sie mit zu mir", rief Laura. „Auf jeden Fall bis die Eingangstür wieder sicher ist. Ich habe schon den Hausmeister angerufen, er kommt gleich vorbei und schließt das notdürftig."

Am nächsten Morgen begann Sophie in ihrem Büro die Fakten neu zu ordnen. An der Wand zwischen den Fenstern hatte sie eine große Magnettafel befestigt, an die alles Erwähnenswerte geheftet wurde. Aber selbst mit den Informationen zu dem 3. Einbruch, ergab sich kein Ansatzpunkt. Die Frauen, die es betraf, waren unterschiedlichen Alters, hatten unterschiedliche Wertstücke besessen und keine hatte die gleiche Versicherung. Sie brauchte einfach mehr Informationen!
Gut, dass Felix bereit war, sich mit ihr zu treffen. Das war ja sonst bei Polizisten eher nicht der Fall.
Wie Felix hatte sie auch die Polizeischule besucht, sich aber nach einem halben Jahr Polizeidienst entschlossen, Privatdetektivin zu werden. Befehle waren einfach nicht ihr Ding, vor allem wenn es nur um Formalien ging und Festgenommene schneller wieder frei kamen, als sie sie ermittelt und verhaftet hatten.

Solche Ungerechtigkeiten machten es ihr leicht, aus der Truppe wieder auszuscheiden und sich auf die Wiederbeschaffung von wertvollen Dingen zu spezialisieren.

Wichtigster Mentor war dabei ihr Onkel Julian, der Bruder ihrer Mutter, gewesen. Obwohl er nur als kleiner Trödelhändler anfing, hatte er sich im Laufe der Zeit mehr und mehr einen Namen bei Antiquitäten und hochwertigem antikem Schmuck gemacht. Schmunzelnd dachte sie an das Schlitzohr, das jetzt seinen schon etwas länger andauernden Urlaub bei einer reichen Witwe auf Mallorca genoss. Sie hatte viel von ihm gelernt und kannte jeden Händler und vermutlich auch eine Menge Hehler auf diesem Gebiet.

Da sie häufig erfolgreich bei der Wiederbeschaffung war, zeigten sich auch große Versicherungen gerne zur Zusammenarbeit bereit oder beauftragten sie sogar. Dadurch hatte sie regelmäßigere Einnahmen, als wenn sie nur untreue Ehemänner überwacht hätte, aber große Sprünge konnte sie damit noch nicht machen. Immerhin war das Büro im Erdgeschoss von Lauras Haus preiswert, denn dafür musste Sophie zusätzlich zu ihren Nebenkosten, nur im Sommer den Rasen mähen und im Winter Schnee schippen. Außerdem konnte sich Oma Laura von hier aus viel besser um die Rechnungen und die Buchhaltung kümmern.
Damit blieb ihr die Zeit, die für die Ermittlung und Überwachung

erforderlich war. Bisher hatte sie ihre Fälle auch relativ schnell abschließen können, nur jetzt nicht. Vermutlich würden ihre Klientinnen bald ungeduldig werden, denn die Versicherungen hatten bereits signalisiert zahlen zu wollen. Da es aber bei beiden auch um einen Erinnerungswert ging, war sie engagiert worden.

Als sie damals von Diana von Frohberg angerufen wurde, die eine wertvolle Halskette vermisste, glaubte sie den großen Wurf erwischt zu haben. Den Fotos nach, war diese Kette auch etwas ganz Besonderes, eine venezianische Arbeit aus dem 17.Jahrhundert. Nicht nur der Materialwert des Goldes war entscheidend, sondern der geheimnisvolle Kapsel-Anhänger, um den sich Legenden rankten. Angeblich sollte damit einer der Dogen von Venedig vergiftet worden sein. Natürlich war die Polizei eingeschaltet worden, aber da es keinerlei Einbruchsspuren gab, ging man Diebstahl durch das Personal aus.

Jetzt sah das alles anders aus. Jetzt gab es schon zwei Fälle, in denen es um Schmuck ging. Bei ihrer zweiten Klientin, Frau Zahl, war eine sehr seltene englische Erstausgabe von „The Hobbit" von J.R.R. Tolkien gestohlen worden, die schon seit 1937 in der Familie gehütet wurde und vermutlich um die 50.000 Euro wert war. Solche Dinge nahmen einfache Hehler nicht ab, überlegte Sophie, viel zu auffällig. Das müsste schon jemand mit entsprechenden Kontakten sein. Kannte sie so jemanden? Während sie das noch gedanklich durchging, kam Laura hereingestürmt.

„Ich habe Luisa gerade nach Hause gebracht. Sie hat bereits eine neue Tür. Ich habe ihr noch zu einem extra Riegel geraten. Das schützt zwar nicht vor einem Einbruch, gibt ihr aber ein sichereres Gefühl, wenn sie zuhause ist. Und hast du schon was?"

Sophie lächelte. Typisch Oma! Wenn es nach ihr ginge, wäre mittags aufgeklärt, was morgens passiert wäre. Sie wies auf ihre Tafel und seufzte.

„Bei mehreren Verbrechen sind wir in der Ausbildung davon ausgegangen, dass es Gemeinsamkeiten geben muss. Aber die Frauen sind alle unterschiedlich alt, die Wohnung wurde mal aufgebrochen, mal nicht, verschwunden sind nach meiner Übersicht, Schmuckstücke und ein wertvolles Buch. Gemeinsam ist allen: Es waren alleinlebende Frauen, der Einbrecher muss gewusst haben, dass sie etwas sehr Wertvolles besitzen und alle waren versichert. Was nicht verwunderlich ist, aber keine bei der gleichen Versicherung. Wir wissen ja nicht einmal, ob es wirklich nur ein Täter, also dieser Witwenräuber ist oder jedes Mal ein anderer."

Laura hatte aufmerksam zugehört. „Aber irgendwo müssen wir anfangen. Mein Bauchgefühl sagt mir, der Versicherungsvertreter von Luisa ist nicht koscher. Es gibt keine Informationen über einen gefallenen Preis für Bernstein. Ich habe gelesen, dass er in einigen asiatischen Ländern höher gehandelt wird, als Gold. Wir sollten uns auf ihn konzentrieren. Ich spüre, dass da was ist. Es gab schon mal einen ähnlichen Fall." „Ach, hast du wieder bei Miss Marple nachgeforscht?" Sophie lachte, auch wenn sie manchmal über den Eifer ihrer Großmutter die Augen verdrehte. „Dein Bauchgefühl in allen Ehren, aber hier müssen wir richtige Ermittlungsarbeit leisten und zwar in alle Richtungen, sonst entgeht uns etwas."

Laura lehnte sich in ihrem Sessel zurück. Zeit sich mit der Buchhaltung zu beschäftigen, aber so schnell gab sie sich doch nicht geschlagen. „Du hast ja recht", seufzte sie. „Aber meine Meinung gefällt mir einfach besser!"

Als Sophie am späten Nachmittag das Café *Schokohimmel* betrat, war sie wie immer schon berauscht, alleine von den Düften. Es war wirklich toll, was ihre beste Freundin Chrissy und ihre Freunde aus dem alten Bahnhof gemacht hatten. Aber der Höhepunkt war einfach dieses gemütliche Café in zartem Violett, in dem man sich mit Lettys Kuchen, Torten und Plätzchen wirklich wie im Himmel fühlen konnte. Sie suchte sich einen bequemen Ecktisch in der Nähe der Terrasse mit Blick zum See. Noch war die Luft sommerlich, aber bald schon würde es Herbst werden.

Sophie strich ihre raspelkurzen schwarzen Haare etwas zurück und schaute Felix entgegen. Obwohl sie ihn schon fast ihr Leben lang kannte, schien sie gerade jetzt Seiten an ihm zu entdecken, die höchst interessant waren. Felix lachte, als ihm Sophie von dem

Verdacht ihrer Oma erzählte. „Vielleicht ist sie vorschnell, aber vielleicht hat sie auch etwas bemerkt, das uns entgeht. Ich kenne sie schon so lange, sie hat einen guten Riecher und wenn du sowieso keinen anderen Ansatz hast…" „Aber was ist mit euch, keine zufälligen Funde, keine chemischen Analysen, wie in CSI?" Felix grinste etwas gequält und strich sich über seine dunkelblonden Stoppelhaare.

„Als ob du nicht genau wüsstest, dass uns solche Technik absolut fehlt. Ich habe einen Kumpel beim Einbruchsdezernat, der mir manchmal was steckt. Von ihm weiß ich, dass es mittlerweile 27 Fälle sind, alle im Umkreis von 30 Kilometern, also hauptsächlich die Südstadt. Klar, hier gibt es eine Menge wohlhabende und auch kunstliebende Menschen, aber vermutlich leben der oder die Täter auch hier." „Stimmt", murmelte Sophie. „Das sehe ich auch so. Es könnte ja auch so sein, dass jemand Tipps an andere verkauft, das könnte mindestens die unterschiedlichen Methoden erklären, mit denen eingebrochen wurde."

Felix nickte. „Wahrscheinlichkeiten gibt es viele. Möglicherweise entscheidet aber auch ein Einzelner spontan, wie er eindringt. Bei manchen war nicht auszuschließen, dass die Schlüssel vorher geklaut wurden. Aber ehe ich noch ein weiteres Wort von mir gebe, möchte ich erst Lettys Schoko-Sahne-Torte genießen, du zahlst ja heute."

Während Sophie zum Tresen ging, um ihre Bestellung aufzugeben, kreisten ihre Gedanken weiter um die diskutierten Möglichkeiten. Wer hätte denn Tipps geben können? Jemand der die Wertstücke verkauft hatte? Nein, es waren meist Erbstücke. Jemand, der Alarmanlagen installiert hatte? Das wäre zu überprüfen. Jemand der die Wertstücke versicherte? Aber es waren ja unterschiedliche Versicherungen.

Trotzdem wurde Sophie das Gefühl nicht los, Oma Laura könnte recht haben. Als sie Felix das Riesenstück Torte brachte, reagierte der etwas enttäuscht. „Was nur eins?" Sophie lachte. „Ich verstehe gar nicht, wie du so viel essen kannst?"

Felix grinste sie etwas mutwillig an, ehe er sich der Torte widmete. „Manche Menschen können kochen, manche können backen, ich kann essen. Das wird auch gebraucht. Aber ein paar andere Sachen kann ich auch noch." Sophie, die sich unter seinen aufmerksamen Blicken etwas verlegen fühlte, lenkte das Gespräch wieder auf ihr Problem, die Einbrüche.

Nachdem sie alles zusammengefasst und geordnet hatten, waren sich Sophie und Felix einig, sie brauchten mehr Informationen. Felix zuckte entschuldigend mit den Schultern. „Mehr erfahre ich von meinem Kumpel nicht, mit Sicherheit keine Einzelheiten."

Aber Sophie hatte eine Idee, wie sie an weitere Informationen kommen könnte. Am nächsten Morgen wartete sie schon mit gutem

englischen Tee und Lettys himmlischen Plätzchen auf ihre Großmutter. „Das riecht wunderbar, aber auch nach einem Bestechungs-
versuch", lachte Laura.

„Gut kombiniert, Watson", entgegnete Sophie. „Omi, ich brauche
wirklich deine Hilfe. Wir haben einfach zu wenig Informationen
über die weiteren Einbrüche. Felix hat gestern erzählt, es gäbe insgesamt 27 und alle in der Südstadt. Vieleicht…"

„Du meinst echt, wir dürfen mit ermitteln?" Laura war vor Begeisterung aufgesprungen und konnte ihre Teetasse gerade noch vor
einem Sturz bewahren.

„Na ja, ermitteln würde ich es noch nicht nennen wollen", begann
Sophie zögerlich, schwenkte aber um, als sie den enttäuschten Gesichtsausdruck ihrer Großmutter bemerkte.

„Auf jeden Fall ist das wichtig für die Ermittlungsarbeit. Und es ist
etwas, was weder die Polizei, noch ein Detektiv, so wie ihr, erledigen könnte. Ihr sollt euch einfach umhören. Wir brauchen so viele
Informationen wie möglich, über die anderen Einbrüche. Könnt ihr
das übernehmen?"

„Ja sicher, wir sind ja auf diesem Gebiet nicht unbedarft. Gleich
heute Nachmittag werde ich die anderen instruieren. Sogar Luisa
will heute kommen, sie ist so wütend, sie spuckt Gift und Galle.
Wenn sie jetzt etwas beitragen kann, um diese fiesen Typen zu fassen, wird ihr das bestimmt helfen."

„Felix hat etwas gesagt, das mir nicht aus dem Kopf geht", überlegte Sophie laut. „Ihm ist aufgefallen, dass der Räuber nicht im Schlafzimmer gesucht hat, wo doch die meisten Leute ihr Geld verstecken."

Laura verstand sofort. „Also können wir davon ausgehen, dass er genau wusste, wonach er suchen muss und wo. Wir werden die 5 Ws nachher gründlich durchgehen."

Bis zum Termin hatte Laura ihre Notizen vervollständigt und war gespannt, wie die anderen reagieren würden. Zu diesem Anlass hatte sie sogar einen Rock mit dem schottischen Karo ausgewählt, das auch Sherlock Holmes getragen haben soll. Sie war eigentlich eher ein Fan von Miss Marple, aber kleidungstechnisch konnte sie dieser Figur von Agatha Christie wenig abgewinnen. Eine schwarze Haube und schwarze Spitzenhandschuhe konnten bei einer Einbrecherjagd eher hinderlich sein. Als sie bei Luisa klingelte, staunte sie über die Tür, die einer Festung würdig gewesen wäre. Aber Hauptsache ihre Freundin würde sich sicher fühlen.

Als beide den *Schokohimmel* betraten, warteten dort schon fünf Frauen höchst gespannt an ihrem Stammplatz. Letty, die Inhaberin des Cafés, hatte persönlich diese Ecke für die Krimifrauen eingerichtet, die etwas abgeschiedener lag und durch große Pflanzen vom übrigen Raum abgetrennt war. Zuerst lauschten alle überrascht, entsetzt und auch empört den Berichten von Luisa und Laura über die Einbrüche und die bisherigen Erkenntnisse. „Oh Gott", stöhnte Stella, die Witwe eines ziemlich berühmten Malers. „Man traut sich doch gar nicht mehr, irgendetwas Wertvolles im Haus zu haben. Das hätte jeder von uns passieren können." „Und was macht die Polizei?" Die resolute Antonia, die als Krankenschwester selbst keine Reichtümer erworben hatte, aber einige wertvolle Schmuckstücke ihrer Großmutter hütete, beantwortete ihre rhetorische Frage selbst. „Vermutlich nichts! Keine Leute, keine Technik, es ist ein Jammer!"

Emilia, die früher an einer Hochschule Psychologie gelehrt hatte, äußerte sich immer erst nach den anderen. „Ich finde, wir sind es uns selbst schuldig, dass wir etwas unternehmen. Stella hat das richtig eingeschätzt, das hätte jede von uns treffen können. Die Polizei hat Protokolle aufgenommen und legt sie ab, mehr passiert nicht. Aber wir können doch viel mehr machen. Die Betroffenen sind alles Frauen wie wir, wir müssen sie nur finden. Schließlich wissen wir doch, wie man so etwas macht."

„Ich gebe dir absolut recht." Claire, die früher ein Reisebüro geleitet hatte, fühlte sich seit dem Besuch des Sherlock-Holmes-Museums in der Baker Street in London, als ausgewiesene Spezialistin. „Wir müssen, wie unsere Vorbilder beobachten und unsere Schlüsse daraus ziehen. Wieso, zum Beispiel, war keine der Frauen zuhause? Nicht, dass ich dir das gewünscht hätte, Luisa. Aber der oder die Täter müssen einiges über den Tagesablauf dieser Frauen wissen." Zufrieden sah sie sich um, während die anderen beifällig nickten.

„Das ist ein sehr guter Gedanke", fand auch Laura. „Wir sollten unsere fünf Ws durchgehen. Vielleicht fällt uns noch mehr ein." Christiane, die früher Lehrerin war, holte die Karten und ihren Notizblock aus der Tasche. Dann hielt sie die erste Karte hoch, auf der in dicken Buchstaben *Wer* stand. „Bisher wissen wir nicht genau, ob es ein Einzelner oder mehrere sind. Fest steht, er ist männlich. Die Kraft, mit der die Tür bei Luisa aufgebrochen wurde, spricht dafür", erklärte Laura. „Es muss jemand sein, der schon mal in meiner Wohnung war", überlegte Luisa, „vielleicht als Handwerker oder Stromableser."

„Es müsste auch jemand sein, der sich auskennt", ergänzte Christiane. „Ich habe zwar viel in meinem Leben gelesen, aber ich hätte nie gedacht, dass es solche teuren Bücher gibt." „Es wäre auch möglich, dass die Frauen erst vor kurzem jemanden kennengelernt haben. So ähnlich wie die Heiratsschwindler vorgehen. Nicht dass ich eigene Erfahrungen hätte, aber es gibt darüber interessante Studien aus der Verhaltenspsychologie, der Charmefaktor ist oft entscheidend", ergänzte Emilia.

„Ich halte das auch für ganz wesentlich", setzte Laura fort. „Wenn man sich mit einem charmanten Fremden gut unterhalten kann, ist man viel leichter geneigt, ihm Sachen anzuvertrauen, die man sonst zurückhalten würde. Mir selbst geht das immer so, wenn ich in die

Klinik muss. Vermutlich wird man denjenigen nie wieder sehen, also hat man auch weniger Hemmungen."

„Das stimmt", lachte Antonia. „Das habe ich selbst sehr oft erlebt."

„Aber ich habe leider keine neue Bekanntschaft gemacht", betonte Luisa. „Also kennst du den reizenden Herrn von der Versicherung schon länger?" Diese Frage brannte Laura schon den ganzen Tag auf der Zunge. „Nein, der ist neu. Aber das zählt doch nicht, es ging doch nur um Versicherungen."

„Gut, aber wir sollten den Gedanken nicht außer Acht lassen."

Als nächstes hob Christiane die Karte mit der Aufschrift *Was* hoch. „Wir wissen, dass es immer um hochwertige Gegenstände geht, in keinem Fall um Geld. Das ist schon sonderbar." Stella, die wusste, wie schwer sich manchmal Bilder verkauften, hätte sich wahrscheinlich eher für Bargeld entschieden.

„Das ist nicht sonderbar, sondern gut überlegt." Laura hatte darüber schon den ganzen Tag gegrübelt. „Selbst wenn jemand sein Bargeld unter der Wäsche versteckt, hat er da doch niemals 20.000 oder 50.000 Euro liegen. Soviel kriegt er aber durch die wertvollen Sachen."

Als nächst Karte kam *Wie*. „Das ist verwirrend. Mal wird brutal aufgebrochen, mal ohne jede Spur gestohlen." Claire rieb sich die Stirn, bei Sherlock Holmes las sich das immer viel leichter.

„Dafür gibt es eine mögliche Erklärung. Einige Frauen räumten ein, dass ihre Schlüssel möglicherweise gestohlen seien. Ihr kennt das doch, irgendwo im Flur ist immer ein Schlüsselbrett. Da genügt ein Griff. Das bringt uns also nicht weiter." Laura lehnte sich zurück, während Christiane das Schild mit *Wann* hochhielt. „Das haben wir eigentlich schon diskutiert", meldete sich Emilia. „Das Wann richtet sich nach dem Tagesablauf der Frauen und den hat er beobachtet oder erfragt."

„Kommen wir zur letzten Frage *Warum?*" „Also diese Frage ist ja so alt wie die Menschheit, warum stiehlt jemand? Weil er Geld haben will, ohne zu arbeiten", empörte sich Antonia.

„Ganz so einfach ist es nicht", warf Laura ein. „Er scheint jedes Mal hohe Summen zu brauchen. Da ich eine lebensnotwendige Operation an einem Kind ausschließen würde, kann es sich eigentlich nur um jemanden handeln, der anderen große Summen schuldet oder spielt." „Es ist echt erstaunlich, was wir schon zusammengetragen haben." Christiane hatte ihr Protokoll beendet. „Ich tippe das noch ab und maile es dir gleich morgen früh."

„Danke Christiane und Danke euch allen. Sucht in den nächsten Tagen nach weiteren Informationen, im Wartezimmer beim Arzt, beim Bäcker, am Zeitungskiosk, beim Frisör. Genießt es, dass ihr mal ausgiebig klatschen dürft, es ist für einen guten Zweck. Was wichtig ist, schickt mir an meine Mail-Adresse. Und Kuchen und

Kaffee von heute, gehen auf meine Rechnung. Wenn wir den Witwenräuber gefangen haben, Luisa, dann kannst du das übernehmen."

Sophie war am nächsten Tag doch überrascht, als ihr Laura am Nachmittag die Informationen brachte, die die Krimifrauen am Abend zusammengetragen hatten. „Ihr seid echt erstaunlich, das sind wirklich gute Hinweise. An einiges hatte ich noch gar nicht gedacht." „Sobald ich etwas Neues erfahre, komme ich wieder."

Laura, die gerade das Zimmer verlassen wollte, stoppte noch einmal und drehte sich zu ihrer Enkelin. „Das hätte ich beinahe vergessen. Hier ist die Kopie von Luisas Versicherungs-Police und etwas, das sie in ihrer Wohnung gefunden hat. Sie ist sich sicher, dass ihr dieses Ding nicht gehört. Ich habe es sicherheitshalber in einen Beweisbeutel getan. Was ist das denn überhaupt?"
Sophie betrachtete das ziemlich abgenutzte Etui aus braunem Leder und grinste. „Das ist ein Etui für Dietriche, Onkel Julian hatte so ein ähnliches. Die Verpackung hättest du dir sparen können, da kriegen wir keine Fingerabdrücke mehr."
Laura zuckte nur mit den Schultern und verlies den Raum. Neugierig schüttete Sophie das Ledertäschchen auf den Tisch und nahm es in die Hand, um es gründlich zu betrachten.
Plötzlich sah sie vor ihrem inneren Auge ganz klar und deutlich einen Mann, leider nur von der Seite, der gerade mit einem Dietrich

eine Tür öffnete. Die Hand sah schmal und gepflegt aus, nur über dem Handgelenk gab es eine kleine Tätowierung, so ähnlich wie ein griechischer Buchstabe. Vor Schreck ließ Sophie das Etui fallen.

Das Bild verschwand. Was war denn das? Hatte sie sich das eben eingebildet? Wieder nahm sie das Etui in die Hand und wieder erschien das gleiche Bild. Das musste der Einbrecher oder einer der Täter sein, aber konnte man einer solchen Eingebung überhaupt trauen? Was, wenn das ein Trugbild war und sie vielleicht einen Menschen zu Unrecht verdächtigte, nur weil sie innere Bilder gesehen hatte. Sie sollte darüber mit ihrer Freundin Chrissy sprechen, die kannte sich mit diesen Sachen viel besser aus als sie, die sich bisher ausschließlich auf ihr logisches Denken verlassen hatte.

Morgen würde sie sich mit Chrissy treffen, aber vorher sollte sie sich mit den neuen Erkenntnissen und vielleicht doch mit der sonderbaren Tätowierung befassen. Irgendwo hatte sie so etwas schon gesehen, aber wo? Nachdem sie eine Weile im Internet gesucht hatte, fand sie das Zeichen. Jetzt war klar, es war kein Gaunerzinken, wie sie zeitweise gedacht hatte, sondern wirklich ein Buchstabe, der früher zum griechischen Alphabet gehört hatte.

Als Sophie las, dass das Zeichen *Sampi* nur noch für Zahlen benutzt wurde und damit eigentlich 900 bedeutete, fiel es ihr wie

Schuppen von den Augen. Die 900-er-Bande, davon hatte ihr On-kel Julian früher erzählt. Eine kleine Gruppe, die es ausschließlich auf teure, erlesene Dinge abgesehen hatte. Aber waren die denn nicht im Gefängnis gelandet? Oder schon wieder entlassen?

Sophie pustete angespannt die Luft aus. Dieser Auftrag begann Dimensionen anzunehmen, die sie nicht erwartet hatte. Sie musste unbedingt mit Felix darüber sprechen, aber eins nach dem anderen. Der Blick auf die Uhr verriet ihr, was auch ihr knurrender Magen schon längst gemeldet hatte. Feierabend! Auch Ermittler mussten essen und bei Kräften bleiben.
Und die waren dringend notwendig, denn am nächsten Vormittag stürmte Laura mit triumphierender Miene in ihr Büro. Sophie hatte gerade Felix über die neueste Entwicklung informiert und mit ihrer Freundin Chrissy einen Treff im *Schokohimmel* vereinbart, als ihr Laura vier Versicherungs-Policen auf den Schreibtisch warf.

„Meine Nase trügt mich nicht. Sieh dir das an! Diese vier Frauen haben für ihre Wertsachen bei vier Versicherungen abgeschlossen." „Ja und?" Sophie sah fragend auf. „Sieh dir bitte an, wer die Verträge erst vor kurzem unterzeichnet hat. Der reizende Herr von der Versicherung, von dem nicht nur Luisa geschwärmt hat, war in allen Fällen ein Herr Giersch. Er arbeitet für eine Versicherungs-agentur, die vertreten unterschiedliche Unternehmen. Bei zwei wei-

teren Policen ist das auch so, die Kopien bekomme ich noch."
Sophie war baff. „Mensch Omi! Du bist echt gut. Jetzt passt ja alles
richtig gut zusammen. Ich finde Hinweise auf eine Einbrecherbande von früher und du bringst den vermutlichen Tippgeber. Super!"

Laura lauschte gespannt, als ihr Sophie die Geschichte der 900-er
Bande erzählte, die sie schnell noch im Internet recherchiert hatte,
allerdings ohne die Bilder und das Schlüsseletui zu erwähnen.
„Wenn ich richtig kombiniere, müssen wir uns jetzt auf die Lauer
legen, um zu wissen, welche Leute zu dieser Agentur gehen."
„Nicht wir", betonte Sophie, „ich mache das. Es ist viel zu gefährlich für euch." „Sophie-Schatz, ich bitte dich. Du denkst nicht kri-
minell genug. Glaubst du wirklich, die treffen sich nachts in ir-
gendwelchen dunklen Ecken? Nein, die machen das ganz normal
am Tag, wie ganz normale Kunden. Das ist doch die perfekte Tarnung."
Nachdem Sophie sich die Gegend über Google Earth genauer angesehen hatte, war sie einverstanden, dass Laura und die Krimifrauen
die Observierung am Nachmittag übernahmen.
„Schräg gegenüber ist das Café *Blümchen,* von dort aus müsstet ihr
jeden sehen, der dort hineingeht. Vielleicht wäre es gut, auf Luisa
zu verzichten." Laura sah sie nachdenklich an. „Das kann ich versuchen, aber es wird kaum möglich sein." „Aber du musst dafür
sorgen, dass sie ihn nicht zur Rede stellt, sonst wäre ja alles verlo-

ren." Laura grinste sie nur an, verdrehte die Augen und murmelte im Hinausgehen. „Als ob wir Anfänger wären…"
„Und 18.00 Uhr löse ich euch ab", rief ihr Sophie hinterher.

Und jetzt prüfte sie auch beschämt die Versicherungs-Policen ihrer Klientinnen. Natürlich auch die gleiche Versicherungsagentur und der gleiche Herr Giersch. Wie hatte sie das nur übersehen können? Aber wenigstens konnte sie jetzt die Abstände zwischen Vertrags-abschluss und Einbruch vergleichen. Die wurden immer kürzer, es musste ihnen bald etwas einfallen.

Am späten Nachmittag fand sie endlich Zeit, zu ihrer Freundin Chrissy zu fahren. Wie immer fand sie sie in ihrer kleinen Bouti-que, in der die angesagtesten Klamotten und Taschen verkauft wurden. Wie immer war auch Chrissy so apart in unterschiedliche Grüntöne gekleidet, dass ihre rotblonden Locken noch viel stärker leuchteten. Dagegen kam sich Sophie, die wie üblich Bluejeans und Jeanshemd trug ein wenig, undressed vor.
„Kann ich dich zu einer Pause verführen, wenn ich dich in den *Schokohimmel* einlade? Ich muss dich unbedingt etwas fragen."
„Zu Lettys Kuchen kann ich nicht Nein sagen" grinste Chrissy.
„Die sind einfach nicht von dieser Welt." Erst als sie beide genüss-lich ihren Cappuccino tranken, erzählte Sophie von diesen sonder-baren inneren Bildern und dem Etui.

„Sagst du mir jetzt, dass ich spinne oder gibt es so etwas wirklich?"
Chrissy überlegte kurz und lächelte dann.

„Darüber brauchst du dir echt keine Sorgen zu machen. Was du
vermutlich kannst, nennt man Psychometrie. Menschen, die diese
Fähigkeit besitzen, müssen nur Dinge berühren, um Geschehnisse
aus der Vergangenheit vor ihrem inneren Auge zu sehen."

Sophie zweifelte sichtlich. „Aber wie zuverlässig ist denn so etwas? Ich meine, wenn ich jetzt jemand beschuldigen würde und
dann stellt sich heraus, dass es der vorherige Eigentümer war. Wie
könnte ich das verhindern?"

Chrissy blätterte in ihrem Buch, das sie fast immer in ihrer Tasche
hatte. „Die Verfasser sagen, wenn man den Gegenstand ausreichend lange berührt hat, sei das letzte Bild, das auftaucht, zuverlässig, so wie eine Generationenreihe."

„Aber glauben wird mir das natürlich keiner", murmelte Sophie
etwas mutlos. Chrissy lachte. „Außer mir gibt es hier kaum jemanden, der das auch so sieht, aber in den USA arbeitet sogar das FBI
mit solchen Möglichkeiten." „Danke, das hilft mir schon weiter.
Ich sollte noch ein paar Tests machen, was die Zuverlässigkeit an-
geht. Wenn das wirklich funktioniert, weißt du was ich bei manchen sogenannten Antiquitätenhändlern alles entdecken könnte?"

Noch auf dem Weg zum Café *Blümchen* malte sie sich aus, wie
viele Diebstähle sie mit dieser Methode aufklären könnte, wenn…

wenn es wirklich sicher wäre.

Im Café wäre sie beinahe am Tisch ihrer Großmutter vorbeigegangen, erst ein Zischen machte sie aufmerksam. Grinsend setzte sie sich an den Nebentisch und betrachtete die beiden, die sich kostümiert, pardon, getarnt hatten. Luisa war ganz in schwarz, die blonden Haare unter einem kleinen Hut mit Schleier verborgen. Auch Oma Laura war ganz dunkel gekleidet, eine Schulter stand etwas hoch und ihre Haare waren fest nach hinten gekämmt. Jeder, der hier vorbei gekommen wäre, hätte diesen Eindruck gehabt: Zwei gramgebeugte alte Frauen, die betrübt im Café saßen und aus dem Fenster starrten. „Sprich uns bloß nicht an", zischte Laura. „Wir können später reden. Bisher Null-Ergebnis."

Sophie verkniff sich das Lachen und wählte dann doch noch einen anderen Tisch, um die Agentur im Blick zu behalten. Aber den gesamten Abend tat sich nichts, gegen 20.00 Uhr sah sie einen Mann aus dem Haus kommen, aber er war nicht nahe genug, um ihn genauer zu sehen.

Am nächsten Tag berieten sich Sophie und Laura schon am Vormittag. „In der gesamten Zeit, die wir dort saßen, sind nur Frauen in das Haus gekommen. Und dieser Kaffee! Bei dem Namen hätte ich nie gedacht, dass die auch Blümchenkaffee servieren." Laura ereiferte sich, weil sie wegen des vergeblichen Einsatzes enttäuscht war. Sophie, die oft endlose Stunden observieren musste, ehe sie zu einem Ergebnis kam, lenkte sie gekonnt ab. „Wen hast du denn für heute ausgewählt oder wollt ihr schon aufgeben?" „Auf keinen Fall heute gehen Claire und Antonia. Falls sie auch getarnt sind, achte auf einen Hund."

Sophie hatte zwei wichtige Termine bei einer Versicherung und bei Gericht, so dass sie froh war, sich auf die Frauen verlassen zu können. Und natürlich schaffte sie es nicht pünktlich, sie abzulösen und stürmte erst eine Viertelstunde später in das Café. Genau genommen war sie heute auch getarnt, denn Kostüm und Absatzschuhe trug sie nur bei wichtigen Geschäftsterminen. Im Café schien einiges los zu sein.

Claire und Antonia sahen aus wie zwei betagte englische Ladys, die mit ihrem Mops die Stadt erkundeten. Um den kleinen dicken Hund mit dem traurigen Gesicht, hatten sich einige Besucher geschart und der nutzte die Aufmerksamkeit, um extra Leckereien zu ergattern. Antonia schaute kurz zu Sophie und schüttelte verneinend den Kopf.

In dem ganzen Durcheinander dauerte es einen Moment, ehe Sophie einen Platz gefunden hatte. Als sie dann wieder hinaussah, war das Licht in der Agentur erloschen. „Oh, verdammt", murmelte Sophie und drängelte sich aus dem Café.

Trotz der Absatzschuhe sprintete sie über die Straße und stieß fast mit einem Mann zusammen, der gerade die Tür abschloss. Und diese Hand, die den Schlüssel hielt, hatte sie schon einmal gesehen und diese Tätowierung auch. Das Sampi war schon etwas verwischt, aber das eindeutige Zeichen der 900-er.

Sophie stockte der Atem, vermutlich starrte sie den Mann auch an, denn der lächelte ein wenig über ihren Eifer „Wollten Sie zu mir? Giersch ist mein Name. Ich muss leider heute etwas früher schließen, bin aber morgen gerne wieder für Sie da."

„Nein, nein", stotterte Sophie. „Ich suche eine Freundin, die letzte Woche hierher gezogen ist."

Als sie zu ihrem Auto ging, war sie noch immer überrascht. So einfach konnte die Lösung sein. Der Versicherungsvertreter war auch der Einbrecher und sicher nicht zum ersten Mal.

Sie musste unbedingt mit jemandem reden. Also fuhr sie zum alten Bahnhof, vielleicht war ja Chrissy noch da. Schon als sie durch die Eingangstür kam, sah sie, dass die kleine Boutique geschlossen war. Deshalb ging sie weiter zum *Schokohimmel*, in dem Letty öfter auch noch einen kleinen Imbiss anbot. Und richtig, da saß Felix bei einem doppelt großen Omelette mit Pilzen. Sophie bestellte sich das Gleiche, denn das war seit dem Frühstück die erste Gelegenheit zum Essen.

Irgendwie hatte sie das Essen doch gekräftigt, denn als sie ihren Teller zur Seite schob, fühlte sie wieder die Wut, diesen fiesen Kerl zur Strecke zu bringen. „Ich muss dir einiges erzählen, aber du darfst mich nicht auslachen." „Schieß los!" Felix beugte sich interessiert vor.

Als Sophie ihr Erlebnis mit dem Etui und die Informationen über die 900-er Bande erzählt hatte, nickte er nur mit dem Kopf.

„Man sagt zwar, wer offen ist für alles, kann nicht ganz dicht sein. Aber in diesem Fall glaube ich dir. Hast du die Fähigkeit schon an anderen Sachen ausprobiert?"

Und als Sophie verneinte, schob er ihr ein Taschenmesser über den Tisch. Ein älteres Exemplar, das sah sie auf den ersten Blick. Aber als sie es in die Hand nahm, sah sie den kleinen Felix, der das Messer von seinem Großvater entgegennahm. „Was warst du für ein süßer Fratz? Warst du damals fünf oder sechs? Und du hast es von deinem Großvater bekommen und sofort in die Hosentasche von deiner Latzhose gesteckt."

Sophie lächelte, offensichtlich war das ein Volltreffer, denn die Augen von Felix wurden immer größer. „Weißt du was wir mit dieser Fähigkeit alles machen könnten. Du sagst mir wer's war und ich verhafte sie alle."

„So einfach ist es leider nicht. Aber in unserem Fall wissen wir, wer's war. Oma Laura hat mir gestern einige Versicherungspolicen von betroffenen Frauen gezeigt. Alle unterschiedliche Versicherungen, aber eine Agentur. Der nette Herr von der Versicherung, wie Luisa ihn genannt hat, ist ein Herr Giersch, der alle Abschlüsse gemacht hat. Wir dachten, er sei der Tippgeber und die Frauen haben ihn den ganzen Nachmittag überwacht. Ich bin vorhin mit ihm zusammengestoßen und rate mal, was er auf seinem rechten Handgelenk hat? Darf denn ein Vorbestrafter eine Versicherungs-agentur eröffnen?"

Felix suchte auf seinem Handy nach Informationen. „Die Agentur läuft auf den Namen einer Frau, sie hat auch einen anderen Nach-namen. Vielleicht ist sie seine Freundin. Wenn er dort angestellt ist, hat keiner was gemerkt. Also hat deine Oma von Anfang an den richtigen Riecher gehabt." „Ja, vermutlich sollte ich sie einstellen. Aber wie kriegen wir den Kerl ran. So können wir ihm einfach nichts beweisen." „Wir müssten ihn auf frischer Tat ertappen", stöhnte Felix, „sonst holt ihn jeder Anwalt wieder raus."

„Wir sollten ihm eine Falle stellen", überlegte Sophie. „Dafür müssten wir wissen, wann er wieder Geld braucht. ich habe gestern die Verträge geprüft. Am Anfang waren noch mehrere Monate zwi-schen Vertragsabschluss und Einbruch, diese Abstände werden aber immer kürzer. Vermutlich spielt er." „Und vermutlich verliert er", ergänzte Felix. „Das sollten wir genauer wissen. Komm, lass uns hin fahren. Wir haben doch nur zwei Casinos, in einem wird er sein."
Inzwischen war es schon ziemlich dunkel und vor dem ersten Casi-no war kaum etwas wahrzunehmen. „Wir müssen reingehen, hier

ist doch nichts zu sehen." Sophie schickte sich an auszusteigen, aber Felix hielt sie zurück. „Ich gehe, dich hat er heute schon gesehen." Aber bevor er aussteigen konnte, öffnete sich die Tür des Casinos und zwei Sicherheitsleute schoben einen dritten aus dem Gebäude und gaben ihm noch einen Stoß, dass er hinfiel.

„Du hattest recht", stellte Sophie fest. „Er verliert und vermutlich nicht zum ersten Mal. Hier kriegt er jedenfalls keinen Kredit mehr." „Und das bedeutet, er wird anbeißen, wenn wir ihm eine Falle stellen. Aber wie wollen wir das machen, ohne dass er misstrauisch wird." Felix sah sie fragend an. Aber Sophie winkte nur ab. „Ich lasse mir was einfallen und ich muss mit Oma reden."

Als sie Laura am nächsten Morgen bestätigte, dass sie von Anfang an den Richtigen verdächtigt hatte, nickte die nur kurz. „Logik und Intuition zusammen sind einfach unschlagbar. Aber wie hast du es herausbekommen?"
„Ach Omi, da muss ich dir noch etwas beichten." Und jetzt erst erzählte sie alles, darüber, wie sie mit Hilfe des Schlüsseletuis und der Tätowierung auf die 900-er-Bande gekommen war. Eigentlich hatte sie eher ein ungläubiges Staunen erwartet, aber ihre Großmutter lächelte nur. „Dein Vater konnte das auch. Stell dir vor, was das für einen Archäologen bedeutete. Er war schon vorher sehr gut, aber mit dieser Fähigkeit wurde er einer der besten überhaupt.

Wenn es nicht diesen Flugzeugabsturz gegeben hätte und deine Eltern noch da wären, was wären sie stolz auf dich." Sie umarmte Sophie ganz fest. „ Aber zurück zu unserem reizenden Herrn Giersch."

Als ihr Sophie erzählte, dass er wirklich spielte, wurde Laura richtig wütend.

„Das ist doch absolut das Hinterletzte! Nicht nur, dass er die Frauen umschmeichelt und aushorcht und anschließend bestiehlt. Er verhindert auch noch, dass sie einen entsprechenden Schadensersatz von ihrer Versicherung bekommen. Und alles, wegen eines dämlichen Spiels. Das ist wirklich das Letzte!"

„Ich vermute, er wollte vermeiden, dass die gehäuften Schadensmeldungen auffallen. Vielleicht hat er auch erwartet, dass die Frauen die Polizei gar nicht informieren, wenn er ihnen einredet, dass ihre Schätze viel weniger wert sind."

„Wir müssen diesem Mistkerl das Handwerk legen, wie gehen wir vor? Ich weiß, ich schließe eine Versicherung ab und wir legen uns dann auf die Lauer." Sophie lächelte. „So ähnlich wird es laufen. Nur ich schließe die Versicherung ab und Felix und ich legen uns auf die Lauer. Und zwar in Onkel Julians Wohnung. Ich habe gestern Abend noch mit ihm telefoniert, was wir anbieten können. Er schlägt die Saphirbrosche vor."

„Oh, die ist um die 50.000 wert, Saphire und Diamanten, da wird er anbeißen. Aber sollte ich nicht lieber? Bisher waren es doch immer

ältere Frauen." Sophie lächelte, Oma Laura konnte ziemlich hart-
näckig sein. „So wird es auch diesmal sein. Deswegen brauche ich
dich und deinen Kleiderschrank. Du musst mich altersgerecht zu-
rechtmachen." „Da kann mir Luisa helfen, das wird ihr eine Freude
sein, wenn sie dabei ist, wie wir diesen Mistkerl aus dem Verkehr
ziehen."

Als sich Sophie zwei Tage später im Spiegel sah, hätte sie sich fast
selbst nicht erkannt. Im großen Flurspiegel von Onkel Julians
Wohnung blickte ihr eine ältere Dame entgegen, silberblaue Haare,
silbergraues Kostüm, eine Brille an einer Kette und Schmuck an
jeder verfügbaren Stelle. Sie sah mondän, aber auch geschäftsmä-
ßig und etwas gestresst aus, genau die richtige Mischung. Vor zwei
Tagen hatte sie in der Agentur angerufen und den heutigen Tag
vereinbart. Sie würde Onkel Julians neue Frau spielen, für den Fall,
dass Giersch die Wohnung von früher kennen sollte. Im Nebenzimmer lauerten Oma Laura und Luisa, die hoch und heilig versprochen hatten, sich nicht einzumischen.
Als es pünktlich klingelte, öffnete Sophie die Tür und stutzte über
das blaue Auge, das das Gesicht des Vertreters zierte. „Oh, hatten
Sie einen Unfall?" „Nur einen kleinen", wiegelte der ab.
Vermutlich hatte er inzwischen noch mehr Ärger und braucht das
Geld noch dringender, schoss es ihr durch den Kopf.
Nervös hob sie die Hände an den Kopf, ganz die gestresste Dame.

„Ich bin gerade von London gekommen und noch gar nicht richtig
hier. Was wollte ich? Ach ja, die Versicherung. Diese kleine Brosche würde ich gerne versichern lassen. Meine Tante hat sie mir
hinterlassen, war schon 95 die alte Dame. Die Brosche soll 53.000
wert sein, aber ich bin noch gar nicht dazu gekommen, sie schätzen
zu lassen. Morgen muss ich schon wieder nach Cannes, Familien-
angelegenheiten. Ach Gott, ich weiß gar nicht, wo mir der Kopf
steht, ständig dieser Stress. Aber nehmen Sie doch Platz, ich hole
die Brosche.“

Während Sophie die Brosche aus einem kleinen Schränkchen
nahm, beobachtete sie Giersch aus den Augenwinkeln. Er hatte
seine Haltung kaum verändert, ließ sie aber nicht aus den Augen.
Die begannen echt zu glitzern, als sie das Schmuckstück auf den
Tisch legte, dann verschloss sich seine Miene und er begann in
einfühlsamem Ton zu sprechen.

„Ein sehr schönes Exemplar, aber leider sind die Kaschmirsaphire
nicht echt. Da es aber eine kunstvolle handwerkliche Arbeit ist,
würde ich den Wert noch auf 20.000 schätzen.“

Sophie sah ihn überrascht an. „Ach, verstehen sie was davon?“

Giersch gab sich bescheiden. „Ein kleines Hobby von mir. Wenn
man Schmuckstücke versichert, sollte man sich im Interesse des
Kunden auch ein wenig auskennen.“

Er zog eine Juwelierlupe aus der Tasche und zeigte ihr, woran man
ganz sicher erkennen konnte, dass die Saphire industriell gefertigt

wären. Sophie war überrascht, mit dieser Masche hätte sie ihm
auch geglaubt.

Mit kühnem Schwung unterschrieb sie anschließend die ausgefer-
tigte Versicherungs-Police, um dann die Brosche in einem Kästchen genau wieder an der gleichen Stelle abzulegen. „Wollen Sie
das nicht lieber in einem Safe verwahren?"

Giersch stellte die Frage sehr leise und Sophie reagierte zunächst
nicht, sondern überlegte laut. „Um 12.00 geht meine Maschine, bis
dahin müsste ich noch den Anwalt getroffen haben… Was hatten
Sie gesagt?"

Aber Herr Giersch lächelte nur charmant. „Ich hatte Ihnen eine
gute Reise gewünscht." „Ach ja, danke und danke, dass Sie extra
vorbeigekommen sind, da fühlt man sich doch gleich viel sicherer."

Als sich die Tür hinter ihm schloss, überlegte Sophie noch, das
Gesicht und das Lächeln kamen ihr irgendwie bekannt vor, aber
woher? Oma Laura lugte durch die Tür.

„Ist er weg? Sophie-Schatz, du warst einfach Spitze!" Auch Luisa
war ganz begeistert. „Es war wie im Krimi, wenn man genau weiß,
jetzt geht es ihm an den Kragen und der Trottel denkt immer noch,
er könnte gewinnen. Einfach spannend!"

Zur Sicherheit blieb Sophie auch den verbleibenden Tag in der
Wohnung und nutzte die Zeit, sich tiefgründiger mit den Saphiren
und Fälschungsmethoden zu beschäftigen. Dabei stellte sie fest,

dass Giersch ihr genau die Kriterien als Fälschung dargestellt hatte, die für die Echtheit sprachen. Sie schüttelte den Kopf. Der Mann war wirklich das Hinterletzte!

Am nächsten Morgen kam Felix, der sich extra einen Tag frei genommen hatte, um gemeinsam mit ihr auf den Showdown zu warten. Sophie hatte die Jalousien heruntergelassen, um den Eindruck zu erwecken, sie sei wirklich weg gefahren. Nachdem sie mit Felix endlos Poker, Mau Mau oder Edelsteinquartett gespielt hatte, war sie fast überzeugt, dass die Falle nicht funktionieren würde.

Auch Felix wurde es langsam mulmig. Immerhin hatte er seinem Kumpel vom Einbruchdezernat angedeutet, heute würde noch etwas passieren, aber bisher einfach nichts. Gegen 18.00 Uhr, es wurde langsam dunkel und Sophie überlegte gerade, doch das Licht einzuschalten, klingelte es am Gartentor.

Sophie lugte vorsichtig aus dem Fenster und rief Felix zu.

„Er kommt." Während Felix telefonisch seinen Kumpel informierte, zog sich Sophie schon ins Nebenzimmer zurück und nahm alles mit, was auf ihre Anwesenheit hindeuten könnte.

Es dauerte nicht lange, bis sie ein leichtes Kratzen an der Eingangstür hörten, dann einen kurzen Ruck und Giersch stand im Flur, während Sophie und Felix, durch den Türspalt des Schlafzimmers lugten. Zielgerichtet ging er ins Wohnzimmer und direkt auf den kleinen Schrank zu. Er bückte sich, nahm das Kästchen an sich und genau in dem Moment schaltete Felix das Licht ein. Auch als Zeichen für seine Kollegen.

„Wen haben wir denn da? Sophie ging spöttisch um den völlig Verdatterten herum. „ Den netten Herrn von der Versicherung, wenn das mal nicht der Witwenräuber ist. Das Kästchen bleibt natürlich hier!"

In dem Moment drehte sich Giersch blitzschnell um und versuchte zu fliehen, wurde aber schon auf der Türschwelle von bewaffneten Polizisten gestoppt, die ihm Handschellen anlegten und ihn abführten.

Felix wurde von ihnen wie ein Held gefeiert, während für Sophie ein anerkennendes Schulterklopfen blieb. Nachdem alles erledigt war, schloss Sophie die Wohnung wieder sorgfältig ab. Während sie überlegte, dass Onkel Julian sicherheitshalber auch noch die Schlösser austauschen lassen sollte, fiel ihr ein, wo sie dieses Lächeln schon einmal gesehen hatte.

„Felix, wir haben noch etwas Dringendes zu erledigen. Ich fahre. Schnell, wir müssen uns beeilen."

Und während Felix schulterzuckend in das Auto stieg, rief sie den anderen zu. „Lassen Sie ihn auf keinen Fall in der nächsten Stunde anrufen!"

Dann brauste sie davon. Während sie an ihren Onkel gedachte hatte, war ihr das *Frettchen* eingefallen, ein schon älterer Trödelhändler, von dem ihr Onkel überzeugt war, das er mit Diebesgut handelte. Bei der 900-er Bande hatte es zwei Brüder gegeben und wenn ihre Vermutung richtig war, dann würde sie beim *Frettchen* finden, was ihren Klientinnen gestohlen wurde.

Als sie in den Laden stürmte und zum Lager durchgehen wollte, versuchte sie der Giersch-Bruder aufzuhalten. Aber Felix, der seine zweite Chance witterte, rief seine Kollegen von der Streife und so konnten sie die Lagerräume betreten.
Während seine Kollegen den Händler festnahmen, suchten Sophie und Felix eilig die Regale ab. In einer größeren Box unter dem Schreibtisch wurden sie fündig. Da lag vieles von dem, was Sophie auf den Versicherungs-Policen gelesen hatte, auch die Wertstücke, die sie wiederbeschaffen sollte, die venezianische Kette, die Erstausgabe und Luisas gesamter Schmuck in einer Plastikdose. „Ich muss meinen Kumpel anrufen."

Sophie wandte sich zu Felix um. „Du meinst, die sammeln dann alles ein und geben meinen Klientinnen vielleicht in einem halben Jahr ihre Wertstücke zurück?" Felix zuckte nur mit den Schultern. „Aber ich habe doch den Fall gelöst, nein, wir haben ihn gemeinsam gelöst."
Felix drehte sich einfach um. „Ich sollte mal sehen, wo die anderen bleiben. Wenn sie mich dafür rausschmeißen, fange ich bei dir an."

Sophie grinste und stellte sicher, was ihre Auftraggeberinnen glücklich machen würde. Für die Polizei würde es noch genügend Anerkennung geben.

Am folgenden Mittwoch trafen sich die Krimifrauen wie immer im Café *Schokohimmel*, aber diesmal wurde gefeiert. Luisa war so glücklich, ihre Wertstücke zurückzubekommen, dass sie Sekt ausschenken ließ. Und alle waren stolz, dazu beigetragen zu haben, dass der Witwenräuber und sein verbrecherischer Bruder wieder dorthin kamen, wo sie nach Meinung aller hingehörten.

Sophie, die auch eingeladen war, hob in einer netten Ansprache hervor, was die Frauen alles geleistet hatten. „Ihr habt eure grauen Zellen so glühen lassen, dass selbst Hercule Poirot gestaunt hätte. Wie Miss Marple sind euch entscheidende Ähnlichkeiten aufgefallen und wie Sherlock Holmes ward auch ihr Meisterinnen der Tarnung."

Dazu zeigte sie die Fotos, die sie mit ihrem Handy geschossen und später vergrößert hatte. Natürlich wurde gelacht und die, die nicht dabei sein konnten, bedauerten das lautstark.

„Eure Vorbilder wären stolz auf euch", setzte Sophie fort.

„Und ich würde mir wünschen, euch wieder an meiner Seite zu haben, wenn es brenzlig wird. Auf die Krimifrauen!"

In das Gelächter und Gläserklingen kam Felix mit einem Bund lachsfarbener Rosen, von denen er jeder Frau eine überreichte.

„Mein Chef hat mich beauftragt, Ihnen allen für Ihre Mitarbeit zu danken. Und ich darf sogar mit Ihnen anstoßen."

Wie aufs Stichwort erschien Letty mit einem neuen Tablett voller Sektgläser. Und Felix begann mit seinem Trinkspruch, von dem die Frauen noch wochenlang schwärmen würden. „Ich trinke auf Frauen über 50. Sie sind wie Diamanten, geschliffen, wertvoll, einzigartig und unbezahlbar. Wenn diese Frauen ein Auge zudrücken, dann nur um zu zielen und so einen Mistkerl, wie den Witwenräuber, abzuschießen. Auf die Krimifrauen!"

Ende

Von der Autorin sind im BoD-Verlag bereits erschienen:

- Der Club der kleinen Millionäre
  Coole Kids und der clevere Umgang mit Geld

- Die dicke Friederike
  Von Pfunden, Freundschaft und Hunden

- Immer wieder aufstehen!
  Kurzgeschichten zum Mut machen

- Die Silver Girls
  65 – Na und!

- Das Monster im Schrank
  Wenn Kinder Angst haben

- Das gibt es doch nicht!
  Unmögliche und fantastische Geschichten 1